抗美援朝亲历记　　KANG MEI YUAN CHAO QIN LI JI

1950

亲历

一名汽车兵在朝鲜战场的日子

黄建华　编著

1953

中国文史出版社

CHINA CULTURAL AND HISTORICAL PRESS

图书在版编目（CIP）数据

亲历：一名汽车兵在朝鲜战场的日子 / 黄建华编著 .
-- 北京：中国文史出版社，2023.7
（抗美援朝亲历记）
ISBN 978-7-5205-4157-2

Ⅰ . ①亲… Ⅱ . ①黄… Ⅲ . ①纪实文学－中国－当代
Ⅳ . ① I25

中国国家版本馆 CIP 数据核字（2023）第 116604 号

责任编辑：李晓薇

出版发行：中国文史出版社
社　　址：北京市海淀区西八里庄路 69 号　邮编：100142
电　　话：010-81136606　81136602　81136603（发行部）
传　　真：010-81136655
印　　装：北京新华印刷有限公司
经　　销：全国新华书店
开　　本：710×1010　1/16
印　　张：13
字　　数：203 千字
版　　次：2023 年 7 月北京第 1 版
印　　次：2023 年 7 月第 1 次印刷
定　　价：48.00 元

出版说明

2023 年是抗美援朝战争胜利 70 周年。

习近平总书记强调指出，抗美援朝战争的伟大胜利，是中国人民站起来后屹立于世界东方的宣言书，是中华民族走向伟大复兴的重要里程碑，对中国和世界都有着重大而深远的意义。抗美援朝战争锻造形成的伟大抗美援朝精神，是弥足珍贵的精神财富，必将激励中国人民和中华民族克服一切艰难险阻、战胜一切强大敌人。

为纪念抗美援朝战争伟大胜利，中国文史出版社策划出版《抗美援朝亲历记》丛书，分为五册：《口述：我们的抗美援朝》《纪实：支援抗美援朝实录》《还原：抗美援朝 25 场殊死较量》《亲见：战地摄影记者在朝鲜》《亲历：一名汽车兵在朝鲜战场的日子》。本丛书秉承人民政协文史资料亲历、亲见、亲闻的"三亲"特色，突出志愿军普通指战员和普通民众的著述，以小故事反映大事件，通过历史当事人、见证人和知情人的回忆，生动翔实地记述中国人民伟大的抗美援朝战争中的重大事件经过和重要人物活动；再现了英雄的中国人民志愿军同朝鲜人民和军队共同抗击侵略者，以正义之师行正义之举的历史画面；彰显了中国人民不畏强暴的钢铁意志、万众一心的顽强品格、敢打必胜的血性铁骨、维护世界和平的坚定决心；充分印证了抗美援朝战争的胜利，是正义的胜利、和平的胜利、人民的胜利。

收入书中的文稿，部分选自本社已出版的《纵横》杂志或专题图书。为尊重作者原意，保持了原作原貌，入选文稿除统一年代、数字、称谓等标准用法，删除个别词句外，未对内容做大的改动。对有些篇幅过长的文章，节选其相关内容或主要部分。书中的部队番号做到单本书统一用法。

　　抗美援朝战争伟大胜利，将永远铭刻在中华民族的史册上！永远铭刻在人类和平、发展、进步的史册上！

开场白

从中国科学院上海有机化学研究所退下来快 30 年了，也不知忙些什么，一直没闲下来。回想起身边的战友一眨眼就由战士直升烈士，那烈士的影子总在脑子里转呀转，就像电子围绕原子核不停地旋转，永远逃不开。

1956 年，我随中国人民志愿军一分部汽车三团回国后被送到军校——解放军后勤学院学习。脱离了战争环境，在安静的学习气氛中，我就一边学习一边回想那可歌可泣的事，也不知天高地厚竟想写电影剧本，倒也断断续续地写了近 10 万字，留下来慢慢地修改、补充。1958 年随着大裁军，我带着这所谓的剧本复员回家。以后考大学、进科研所，忙得把这事丢到脑后去了，电子也凝固停止旋转了。

老了总想脚踏实地地干点事。趁脑子还没糊涂，还没痴呆，每逢战友会面、相应的纪念日、阅读有关书籍、听了一些报告、参观了有意义的展览，总能被提醒和激活一些往事。我这最基层一兵，不可能知道每一个战役，也不可能纵观全局，但汽车兵可是前方、后方都到过，情景再现之真、接触范围之广、回念点滴之多，是其他兵种不可比拟的。于是就断断续续地、零星地写点杂片碎段。特别是 2018 年我入住申园时，看到大厅的数十只蝴蝶围绕吊树飞翔，一下子想起 70 多年前吊在朝鲜枯焦树枝上美军撒下的蝴蝶弹，炸弹竟然被设计成蝴蝶翩翩起舞的样子。申园周边的河流与桥梁以及那平坦无尘的马路也常常让我思念埋在尘土飞扬的碎石路旁或断头桥边烈士的忠骨。申园上空那一望无际的蓝天上，偶见一架喷气式飞机划过留下长长的尾气，那不就是70年前我米格－15追击美军"吊死鬼"（对一种美机的贬称）的再现吗？一点遐思、瞬间回忆、再现留迹，把脑子里的杂乱碎片转化成文字，虽零乱、琐碎，但全是亲历、亲见、亲闻、亲访的，旨在让读者从一名士兵的角度了解并认识到连队生活的丰富多彩和战友对祖国的忠诚及战争的残酷。烈士的鲜血不会白流，战斗的红旗将由共产主义的接班人高举飘扬。

今年是抗美援朝战争胜利70周年，谨以一名志愿军战士的杂片碎段，向战友们致敬！向烈士们致敬！

黄建华

2023年元旦于上海·松江·申园

目 录

战斗在前沿

1948 年 4 月，东北民主联军后勤部部长钟赤兵、政委杨至诚找东北局蛟河办事处处长蒋泽民谈话，决定成立东北民主联军汽车三团，并任命蒋泽民为团长兼政委，由辽东汽车大队和蛟河办事处汽车队合并组建。5 月 1 日，汽车三团正式宣布成立，副政委是傅德昌，参谋长是王荣春。当时只有缴获的日本、美国造的 40 多辆汽车。在边组建边行动下，执行的第一个命令就是向我四平攻坚战的前线部队送弹药，返回时则把伤员送到后方医院。接着向包围长春国民党守敌郑洞国新七军和六十军的我前沿阵地运送弹药和物资，返回时则运载从长春逃出的老百姓和国民党投降和反水的官兵，时间达四个多月。以后又陆续补充苏式吉斯 -5、嘎斯 -51 和缴获的各种杂牌车捷姆西、斯迪拜克、大道吉等 200 余辆。经过短暂的学习和休整，1948 年 9 月 25 日，在团长蒋泽民、政委袁玉均率领

汽车三团首任团长蒋泽民

下，三团和兄弟汽车部队一道开赴辽沈战役的后勤基地——辽宁阜新。锦州战役一打响，前沿阵地急需弹药和给养，钟赤兵部长要求务必抽出 150 辆车，把弹药送上去。如果锦州攻不下，敌人反扑，就把汽车烧毁上山打游击。如果前线部队攻下锦州，你们就加足缴获的汽油，再把敌人的汽车开回来。攻下锦州后，三团跟随大部队参加黑山阻击战的支前运输。沈阳解放前夕，刘亚楼参谋长手书一纸条：沈阳城内的汽车，全归蒋泽民团长收管。

1948 年 11 月 2 日辽沈战役结束，三团又收缴和充实了 200

多台美国造的大卡车，整团已有 600 多台车，并随东北野战军左路大军进山海关直奔唐山参加平津战役的支前运输。在 20 多个昼夜里，前线战斗越激烈，三团运输就越紧张。三团六连曾调了一个排，在刘亚楼参谋长直接领导下跟随东北野战军前线指挥部载运通信器材和电台转战前线两个多月。

1949 年 2 月，三团在天津西南杨柳青地区独流镇进行休整和战评，全部由朝鲜族同志建制的四连荣立集体一等功。攻下天津后，北平和平起义，1949 年 2 月 3 日，东北野战军举行北平入城式。以军乐队为前导，英勇的骑兵部队、步兵纵队从永定门健步入城，随后紧跟雄壮的炮兵部队。擦拭一新的 100 辆十轮大卡车（捷姆西、斯迪拜克）和入城部队一道徐徐前进，这些车都是汽车三团从各连队抽调的。

北平解放后，一个光荣任务又交给了汽车三团。这时东北野战军已改编为第四野战军，1949 年 3 月 20 日接四野总部命令，要求三团组织精干车队去河北省平山县西柏坡村迎接毛主席和中央直属机关进北平。这是一次伟大、光荣的任务。

1949 年 4 月，汽车三团奉命随四野十三兵团南下，沿途经沧州、德州，从长垣县花园口渡黄河到河南郑州、信阳，再从汉口跨长江到武昌、湘潭、长沙、衡阳，进入广西桂林、柳州、南宁，部队打到哪里，三团就把弹药、物资运送到哪里。直接参加了渡江解放武汉、接收长沙和平起义、衡宝战役，其中三团 700 多辆汽车全部调入前线。在湖南省隆回县桃花坪进行战前动员，配合主力部队组成机械化部队。全团上下突击烙饼，备足七天七夜的干粮，然后日夜兼程，车载一二一步兵师从湘西奔贵州转广西，远距离围剿白崇禧部队。只可惜第三天部队赶到晃县（今新晃侗族自治县）时，沅水大桥被逃敌炸毁，河水极深，水流湍急，车辆过不去。战斗紧迫，步兵师下车徒步设法渡河追赶，我团不得不折返。最后三团定驻广西柳州，配合一个步兵团进行剿匪。剿匪正酣时，1949 年 12 月上级派人传达中央指示：三团派 20 部车，步兵团出 200 名全部精装的战士去中越边境护送越共中央主席胡志明赴北京。以后又秘密护送胡志明回国。

1950 年春，三团除从柳州经梧州、雷州半岛到湛江港为解放海南岛提供长途运输物资供应外，并接四野总部命令，将三连和七连借调给十五兵团渡海作战部队，把汽车发动机卸下改装在木船尾部做成机帆船，载运陆军渡海作战。

1950 年 10 月又接到上级命令，提供给越南一批武器弹药、干粮、大米，需急送到越南高平据点。当时越南尚处在法国侵略者统治之下，法军对我团运输进行骚扰、破坏、袭击，我团则白天在国内装货、行驶，傍晚赶到边界，夜幕降临驱车躲过法机监视，急驶越军据点高平等地抓紧卸货，天亮之前返回。

三团是哪里需要就开到哪里。1950 年 6 月 25 日朝鲜内战爆发，为支援朝鲜人民的解放战争，全部由朝鲜同志组成的汽车三团四连加上兄弟连队的朝鲜同志共 170 多人，于 1950 年 7 月初回国参加朝鲜人民军，紧接着 10 月 19 日中国人民志愿军出国参战。随着中朝军队的节节胜利，后勤供应线越拉越长，我方的后勤供应主要靠马车、牛车、手推车、人挑、肩扛和少部分汽车，这种落后、古老甚至是原始的运送方式完全不适应机械化、现代化作战的需要，加上美军完全控制了制空权，依仗其空中优势，对我运输线狂轰滥炸，物资常在运输途中被炸被毁，运输线呈现被动局面。1951 年 2 月正在抗越前线的汽车三团，收到军委急令：三团车辆就地移交，全团调防北上。

在团长龙胜、副政委盛禾峰、副团长张增瑞带领下，全团乘特急客货混编专列，日夜兼程直达辽宁省辽阳县。原来我志愿军入朝两个多月来，连续取得了第一次和第二次战役的胜利。战场上的大胜，也暴露出后勤战线跟不上的弊病，战线推进了，拉长了，粮食、弹药、棉被等接济不上。三团在苏家屯补充新兵，全团原有的数十名日籍官兵（有医生、护士、班排长、驾驶员、修理工等）则留在沈阳。全团配齐新车，战前整编毕，几百台新嘎斯满载前线急需物资于 1951 年 3 月 12 日借夜色开过鸭绿江大桥，直奔"三八线"，投入第三次战役中急需的弹药、被服、粮食的运输中。头一年天空是美机控制，不到 400 公里的路程，沿途城镇被毁，到处是弹坑、断桥，公路也只达三级战备等级，不少还是乡村牛车道或临时抢修的车路。敌机炸出的炸弹坑直径足有 4 米，近 3 米深，途中还有敌机的骚扰、轰炸、扫射，人员伤亡时有发生。五连七班在三登全部遇难，一个来回，损失近三分之一。三团二连战士赵宝印用步枪打下敌机，荣立二等功，说明敌机低飞到步枪的射程范围。

战士们两车一组，分兵作战，灵活机动，也摸清了敌机丢照明弹的规律，找到了冲封锁线的对策，这是用鲜血换来的经验。几个月后，我们的伤亡成倍地下降。公路是汽车兵的战场，敌机是汽车兵的对手，在数千公里的地空立体战线上，两年多来与兄弟部队一起粉碎了敌空军实施的绞杀战、阻隔战、围歼战、窒息战、细菌战等，共同筑起了一条打不垮、炸不烂、切不断的钢铁运输线。

三团卫生队 20 多位女战士在随时可能牺牲的情况下，发扬了战地救死扶伤的精神。美军发动细菌战，我团也有 10 多位战士感染了伤寒病，白衣战士发挥了特殊作用。三团和兄弟汽车团参加了第五次战役后又陆续参加了以"三八线"为界的敌我拉锯战、上甘岭战役、金城反击战、马良山战役等战斗。金城反击战时粮弹充足，储备弹药 12.3 万余吨和可供前方部队食用半年多的食物。在 40 分钟火力急袭就消耗 1900 余吨弹药时，坑道里的战士高喊："祖国万岁！""后勤万岁！"前线战友把汽车兵抬高举起高呼："汽车兵万岁！胜利万岁！"三团出现了一等功臣许景春等英雄驾驶员。全军特等功臣五连驾驶员陈佑甫开的小嘎斯，车厢上有无数枪眼，轮胎被打爆好几条，驾驶室也被炸飞了，他修修补补，就这一部车一直开到停战胜利，安全行车 60834 公里，这在战场上是一个奇迹。张勇和他的七连因连续 22 个月不损失车辆而荣立集体二等功，三连荣立集体三等功。全团从 1951 年 3 月 12 日到 1953 年 7 月 27 日停战的 28 个月全是摸黑运输，约完成 12700 万吨公里。全团集体、个人获得朝鲜民主主义人民共和国最高人民委员会和中国人民志愿军颁发的三等功以上的军功章达数百枚。然而三团也付出了不少伤亡，其中有 300 多位战友的忠骨永远埋葬在异国他乡。

1953 年 7 月 27 日美国在停战协定上签字，汽车三团抽调四连承担交换战俘的运送任务，其他连队则配合四十七军一三九师抢修开城飞机场。志愿军司令部考虑到美军很狡猾，停战协定虽签了，但也不得不防敌人撕毁协定。接着三年，汽车三团主要执行备战运输任务，为前线储备弹药、粮食，同时协助朝鲜战后建设，如新建新溪小学、清川里人民医院等。直到 1956 年 3 月 21 日在团长原彦威、政委刘国兴带领下胜利回国。

1964 年三团定驻青海格尔木地区，在千里青藏线上一路奔驰，续写辉煌，先后投入拉萨贡嘎机场的修建、支援尼泊尔王国经济建设、唐古拉山地区抗雪救灾、哈萨克族群众搬迁等急难艰险任务。在平均海拔 4500 米的青藏线上，全团共行车 6.7 亿多公里，可绕地球 1611 圈，运送各类物资 280 多万吨，每年都超额完成运输任务。一些战友忠骨也留在了高原雪山。虽然三团的官兵换了一茬又一茬，但"雷锋与我是同行，首战用我，用我必胜，敢打硬拼"的精神却永远传了下来。

汽车三团近 60 年的经历，基本是在战场和艰苦环境中走过来的，三团的车轮跑遍了大半个中国，并遍及了其他一些国家。在前进的道路上，座座丰碑凝聚了广大指战员的鲜血与汗水。摸爬滚打近 60 年的汽车三团，虽然代号经过无数次的更动，然而"中国人民解放军汽车三团"的番号延续至今，始终如一，将永远激励和鼓舞三团的官兵们继续谱写三团新的光辉轮迹。

2007 年 5 月编《战地情怀影集》时收集整理

　　1951年春节刚过，五班副尚银虎身背一麻袋大米，从深深的河面上，沿着那高低不平又有点歪斜的石阶一步一个脚印向河岸攀登。100多个台阶，伴着有节奏的喘息声，他的汗珠串联似的向下坠落，他身后的战士跟他一个模样，个个用毛巾揩脸。

　　这儿是广西田东县一个叫不出名字的西江小码头，汽车三团五连的战士们，从江面上停靠的几艘小木船上卸下大米一袋袋地装到军车上。这已经是第三次了。亚热带的气候，虽到腊月并不觉寒冷，远处的竹林在微风中摇摆，似乎在向战士们致敬。

　　装好大米，还要赶往靖西县，那是广西与越南交界的边境小县，天一擦黑，一溜烟的车龙越过国境线，直奔高平。可这次不一样，才装上几袋，连队通讯员就在岸上吆喝："别背了，就地休息。"扛在肩上、背在背上的这两百斤大米，要是放下再上肩背负，可不是一个人能弄得动的，战士们只好仍背着米，停住脚抬头看。连长来了，他放开喉咙："同志们辛苦了，大家先把米放下，休整休整。"连长发话，哪敢不听？

　　原来正在准备第三次赴越运粮的汽车兵接到团部命令：立即空车返回驻地待命。军令如山，战士们一边把装上车的大米原封不动地再装回木船，一边叽叽喳喳地猜测。连长坐的第一部车启动了，各排各班紧紧跟随，西下的太阳吻着柳州鱼峰山头，全连的汽车已整齐地停在大操场上。战士们胡乱地揩了揩满面灰尘的脸，匆忙地扒完饭菜，值班的三排长吹响紧急集合哨。片刻，连长、指导员立在队列前，指导员示意连长先讲。连长用洪亮的口音下命令："接团长蒋泽民（四野后勤部部长兼汽车三团团长）命令，我团各连就地移交全部车辆，全体战士移师北上。我们五连全部车辆务必明天检修完毕，擦洗干净，后天上午9点完整无损移交兄弟部队，下午 4 点各班排整装待命。"寥寥几句讲得一清二楚。指导员接着讲："北上干什么，不说大家也明白，美帝国主义侵略朝鲜，轰炸我东北，我志愿军与朝鲜人民军并肩作战，已取得第一、第二次战役的胜利，战线推进了，拉长了……"一排长领头高呼："坚决服从命令听指挥！打倒美帝国主义！"此起彼伏的口号声，战士们的血沸腾了。是夜，有的战士忙着写决心书，有的写家书报平安，也有一夜翻来覆去睡不着的。

第三天，开车人成了坐车人，这一车一车的坐车人虽驻扎广西快一年了，但因为是新解放地区，战士们很少外出游玩。在这即将离别之时，他们回味长途运输，远观广西奇峰林立，怪石嶙峋，壁立千仞，为鬼斧神工的自然景色所陶醉，再见吧！柳州！再见吧！广西！

代号军列 4 号的锈迹斑斑的客货混编车组，在团部严参谋的总调度下，停靠在火车站最外线，站台上堆满了稻草，站头有煤渣烧的大盆开水供应。五连分到四个闷罐车厢，战士们把稻草铺满车厢地面。车厢内顶头备有从腰部一割为二的大汽油桶，排长解释这是供大家大小便用，但也特别提醒，尽量少用，能熬得住就不用，要不那臊气大家都得闻一闻，说得全车战士哈哈大笑。一个小战士从稻草铺上站起来表态说：上车前我包袱全甩了，就是一天火车不停我也憋得住。另一个小鬼竟喊出"向你学习，向你致敬"，又是一个满车大笑。天擦黑，副连长沿着铁轨检查每一辆闷罐车，要求闷罐车上的四个小铁窗打开，拉动的大铁门也可留点缝，好透风，但铁门一定要用铁丝捆紧，不然会在行车途中自动滑开。车厢里渐渐黑下来，也不知什么时候，列车启动了，战士们东倒西歪地和衣躺在稻草上，那车轮碾磨铁轨有节奏的咔嚓声，就是儿时的催眠曲，战士们呼呼入睡。睡梦中，一个战士爬起来，惊醒了排长。"干啥？""我要那个。"排长明白了意思，指指留有缝的铁门，战士也心领神会，解开裤子朝向门缝外方便。

天刚发白，排长揉着惺忪的眼睛，透过铁门缝，大声叫起来："到湖南衡阳了，大家准备甩包袱。"车速已经减慢，战士们挤在门缝处往外看，一些高个子的就从小铁窗朝外瞧，个子矮的让大个子从后拦腰抱起来。是呀！这衡阳就是我们参加衡宝战役后南下经过的地方，很亲切，很留恋。股股冷风从各缝隙钻进来，真有点寒气逼人，车也徐徐停稳。排长命令九班长留守一人在车上值班，其余下车自行解决问题。

这混列照例停在火车站的最外档，月台也不成形，好在有一大片碎石草地。今早热闹非凡，热气腾腾的大馒头、大块大块的红烧肉都蛮诱人，虽有战士在那排队随便领，然而更紧张的是跑到老远处甩包袱的。团部不知谁出主意，用大帆布在远处围了一个圈，供女战士解难之用。包袱甩了，肚子塞饱了，水壶也灌满了，还想带上几个馒头在路上吃的任你拿。年轻的战士要求不高，车站为我们准备了这些，我们浑身就有了劲。

火车长鸣笛三声，班长一点人数惊奇地问："小张呢？"少了一个。车闸已经放松，车开始启动。小王说："下车后，我看到小张跑到最远的有点坑的地方拉屎，莫不是来不及赶回来。"小战士们七嘴八舌地议论开来："不可能，前天他就没睡好，还说肚子痛。""肯定是逃兵。""这叫临阵脱逃，抓回来枪毙。"排长发言了："大家不要瞎猜、瞎说。向北走，天气会越冷，大家把背包打开，挤一挤，相互取暖。"

军列快进武昌站时，远远的草丛中，一位战士在向我们招手，车速慢了下来，看清了，这不是一块参军的小周嘛！小周沿着铁轨追赶专列，火车停稳，他上气不接下气地爬上后一节闷罐车。后来听说，他在岳阳暂停时下了车，想到后一部车上找个人，还没来得及回来车就启动了，好在出发前就讲过：掉了队的要直接找车站想办法，他是车站专门派了个火车头追上来的。小周是武汉人，武汉的战友为他坚决北上抗美援朝的精神而感到骄傲。

军列除在大站稍事休整外，几乎是大开绿灯，日夜兼程，三天三夜到达沈阳苏家屯火车站。东北已是隆冬季节，冰天雪地，寒意肃杀，战士们披上薄被，打着哆嗦，像从冰窖里出来一样。站台上欢迎的锣鼓喧天，战士们心情一下激动热乎起来，月台上堆满了御寒衣物，每人领取了一套棉装、皮帽、毛皮鞋，着起装来，个个都成为像模像样的出征前的战士，只等一声号响就会冲锋在前。

2014 年 10 月 21 日经战友王世杰提议的回忆

第一天就碰上敌机

1951年2月我汽车三团在苏家屯补充了新兵,又接受了苏联支援的嘎斯-51。这崭新的两吨半的运输车小巧玲珑,考虑到防空的需要,所有的驾驶室要装伪装棚,车的三面护板要插伪装树枝,用于朝鲜大雪天伪装的白布还未到,各班就把白色被套取下来,这和雪一色的被套也能迷惑敌机。一切准备就绪,第二天赶到辽阳,为了支援已推进到"三八线"的第四次战役,有的连装运炒面,我们五连运的是弹药,每部车上必备一大桶汽油。次日一早,天空放晴,整连沿着前车留下的冰雪路迹,向安东(现称丹东)进发。300多公里的路程在这三级公路上足足开了一天。临夜,到达鸭绿江边安东市,稍作检修,连长交代:在朝鲜我们没有制空权,入朝后可各自见机行动。我和九班副班长赵文斌一台车,赵班副是吉林九台县人,一米八的个头,攻打四平时曾在国民党反动派飞机的狂轰滥炸下抢运过物资,有和敌机躲迷藏的实战经验。其实我这小鬼无所谓怕不怕,只觉得东跑西颠蛮好玩。

开始我坐在副驾驶位置上,快到鸭绿江边时车速放慢,我开车门从车踏板爬到车厢顶的弹药箱上,任务是监听敌机的声音和瞭望敌机,随时发出警报,当时还没有"雷达"这玩意儿,只是用手锤敲驾驶棚以提醒驾驶员关灯、停车、躲避。我虽然像蜗牛一样用棉被包裹全身,然而不敢放下棉帽帽檐,因为那会阻碍我的听觉。迎面寒风把我的耳朵吹得通红以致变僵,但也只能用手轻轻地抚摸暖和一下。鸭绿江大桥到了,夜色中只看到轮廓,越来越近,左边被毁的旧桥墩、斜靠在半截桥墩上的钢架也隐约可见。汽车大灯投射在那百孔千疮的大桥钢架上,它记载了敌人的疯狂,保留了美机的罪证。平行的火车从后面追上来了,月亮高悬,突然灰白色的夜空中闪出四个火球,其中一个火球划出了一道下滑的火焰，当隆隆声传入耳朵后，我才恍然大悟这是我保卫鸭绿江大桥的高射炮部队在发威，那滑下的火焰，是一架被击落的美机。

在这铁路公路两用大桥上，我们和火车并肩行驶，共同建设这轰不坏、打不断、炸不烂、烧不灭、切不了的钢铁运输线。火车比我们快，车尾已驶过鸭绿江，我们也进入朝鲜最北部的大都市新义州。这哪像都市，完全是一座废墟，没有一间像样的房子，道路坑坑洼洼，炸弹坑、冰雪潭到处都是。十几位朝鲜妇女头顶着编篮，似在运石修路。寒霜冷冽，冬月凄凉，我的心也开始紧张起来，这就是战争，这情景不就是儿时日本对祖国侵略时的写照吗？我挡住脸，竖起耳，眯着眼，真是眼观四方，耳听八面。汽车方向盘向左一打又一回，车轮绕过一个炸弹坑，我也随着弹药箱左右摇摆，箱间缝夹住左脚也没感到痛，原来脚早冻麻了。刚离开残垣断壁的市区，车队进入一个开阔地，突然我听到远处传来嗡嗡声，忙敲打驾驶棚，赵文斌关了大灯，换开小灯。就在这时，敌机一个俯冲，前面一部车中弹起火，赵文斌忙关灯、停车，招呼我跳下车，拖着我就往路边一个水沟里跳。初春的3月，沟面残雪覆盖着冰块，我俩跳了进去，砸碎的冰块、齐膝的冰水，并没让我们感觉冷。敌机转了一圈又向下俯冲，赵文斌拉着我向俯冲方的左边沟靠，一梭子机关炮弹就在我俩后面炸开。敌机转到右边，赵班副又拉着我向右边沟靠。也许敌机没发现什么，也许炮弹打光才无可奈何地飞走。赵文斌神速地爬出沟，回头又把我拉上来，我俩各归各位。上了车我迅速脱下浸透水的棉鞋，用棉被裹紧双脚，继续承担我人工雷达的监听、监视职责。车灯又开，渐渐靠近刚才被敌机打中的小嘎斯，大火还在燃烧，好在这兄弟部队的车拉的是一车衣物，才不至于爆炸。该车的驾驶员在车旁发愣，赵文斌停下车对他说："兄弟，算了，上我车。"车上增加了两位战友，虽素不相识，但平添了我的战斗意志。

1998年在西安与战友赵文斌夜谈

注：赵副班长没有文化，1954年复员后，为西北地质勘探队在沙漠、荒山、野岭开了几十年的越野车，年纪大了调回西安地质局开小车。由于技术高、开车稳，被抽调陕西省政府汽车队为陕西省政府领导开小车直到退休。2013年病故于西安。

1949年，毛主席一声令下"打过长江去，解放全中国"，国内解放战争摧枯拉朽，解放军如秋风扫落叶般强渡长江，直指江南。我汽车三团奉命随四野十三兵团南下，700多辆缴获蒋军的杂牌车奔驰在白崇禧南逃还来不及破坏的公路上。一个连、一个排成建制的，前呼后应的汽车长龙，迎着斜阳初升、丽阳当空，浩浩荡荡地在龙尾扬起一路灰尘，威武雄壮。

入朝后，那浩浩荡荡、威武雄壮的场面很快被一扫而空。白天转入黑夜，前呼后应改为单班行车。入朝第二天，五连七班5辆小嘎斯躲过敌机炸弹、扫射，绕过地面弹坑、断桥，这一夜才行100多公里，比头天多跑了10多公里才到三登。全班车辆、战士安然无恙，得以欣慰。车子跑了一夜，肚子饿了一夜，5辆车分别找到合适山坳林间钻了进去。为保证当晚行车的安全，饿着肚子也得全车检修一番，取些短枝落叶严严实实地伪装车辆。

天渐发亮，不好！讨厌的敌机又来了。仰望天空，赶早班的4架敌机已飞抵临空，只盘旋了一下，8颗炸弹唰唰落下，油箱爆炸燃烧。敌机绕了一圈又丢下8颗炸弹，地面一片火海，敌机才扬长而去。汽车在山坳里燃烧，班长头部中弹横尸车旁，一位从东北入伍还不到一个月的新战士断臂与躯干间只连着一层皮，也搞不清是哪位战士的手连皮带肉地挂在

五连右臂负伤的战士曹子容

燃烧的树枝上。全班不是牺牲就是负伤，无一幸免。轻伤者忙于为重伤者包扎伤口，惨不忍睹。

事后右手被炸裂的战友曹子容反思：敌机为什么来得这么快、这么准、这么猛？可能是我们做早饭时生火冒了烟，那徐徐上升的烟雾暴露了目标，但也不排除是朝奸发出了手电光闪信号。1951 年 12 月曹子容从湖南军人疗养院来信说："在我前约 3 米远处，斜插着半身埋入土石堆里一颗炸弹，原来是颗哑弹，要不我也'光荣'了。"七班在三登全部蒙难，那是因为没有对付敌机疯狂破坏的经验，这用生命和鲜血换来的反思是：这场战争中，我们必须高度分散。从此我们取消班、排出车，行车小组只限两辆。宿营时车、人必须分开，白天不烧火，晚上管好光。

如今，70 多年前的情景依然占满我的脑海，那些牺牲战友的音容笑貌时时浮现在眼前。

在小学生暑期活动讲"打仗的故事"引发的联想

志愿军汽车兵有句顺口溜：天上挂红灯，地上炸弹坑，路上撒角钉，专扎车轮胎。天空被敌机控制，地面敌机也想控制，汽车兵一直只有"挨打"的份，毫无还手之力。那是抗美援朝的初期，1952 年以前。

朝鲜比东北冷，东北兵感觉还好一点，南方兵冷得直搓手、跺脚。这几天太阳公公也不知上哪串门去了，白天也是灰蒙蒙的。入夜，我们行车小组的两台车从掩体里开出停在公路旁烧焦的大树下，重新检查轮胎、电瓶、油料、钢板和伪装的树枝。正要再启动上路，四架"吊死鬼"（对一种敌机的贬称）又临空嗡叫，只好再等一下。不过几分钟，爆炸声又响起，隐蔽在旁边山沟树林里的车都被击中着火，整个树林被敌机丢下的凝固汽油弹（燃烧弹）烧得通红，黑烟滚滚上升，多台车烧成废铁骷髅，难闻的焦煳味阵阵散发，火光下一位鲜血满地的小战士挣扎了几下就不动了。我心如刀绞——千万不能集体行车，否则被敌机包了饺子，挨了打有苦难言。

敌机拥有绝对空中优势，见什么炸什么，房屋、树林、公路、桥梁等到处浓烟四起，公路上就是有一条小狗在跑也会被敌机多次俯冲扫它一梭子打着玩，看见人就更疯狂了。敌人对我运输线狂轰滥炸，的确给我们制造了困难。

第四次战役的反击战，我连二排突接运送一批炮弹到前沿任务，上级要求凌晨两点以前必须送达。在沿途防空哨兵的协助下，二排几部车均开大灯行驶，一旦听到敌机的声音，防空哨鸣枪报警或摇动手中的小红旗，车立即熄灯摸黑行驶或待避一下。张敏排长特别强调行车纪律，无论哪台车遭敌机轰炸或出现机械故障，其他车辆都不要受影响，继续前进。要发扬单车完成任务的精神，勇往直前把弹药送上前线。驾驶员们个个情绪高涨，纷纷表示，只要人在，就是爬也要把弹药送上去。这是一个极其紧张的夜晚。整夜，敌机多次干扰轰炸，驾驶员们向着百里以外的前线急速前进。刚过午夜，我们的车队在接近前沿阵地的时候，不幸的事情发生了——第四台车在上坡时，司机小王被美军阵地射过来的一梭子子弹打中了胸部，汽车滑下公路，栽在壕沟里。余下几台车到达前沿阵地时，整装待发的前沿干部战士一下子把我们围起来，握手、问好，接着搬的搬、扛的扛，不大一会儿就清空了车厢。返回时，二排长下车把小王的遗体用伪装的大棚布包起来，送到附近野战医院做统一善后处理，小王的遗物请四班长保存好标记清楚待归国后上交。短短的一夜，是与敌机战斗的一夜，也是坚决完成了火线运输兴奋的一夜。

一次夜幕深沉，天上没见星星，略有月影，远方不时闪着火光，伴随着大炮轰鸣声和敌机轰炸扫射声。公路上有部队急速行军，我放慢了车速，隐约听到从黑暗中传来低沉的命令："跟上，快跟上。"这是部队在转移。前面横有一条河，上游的桥已被敌机炸毁，好在河水不深，大部队高举武器和背包涉水过河。河水刚没过小腿，目测汽车也能涉水，为了不使车行驶溅起的水花溅到兄弟部队身上，车入水后就低速慢行。驶到河中发动机进水突然熄火，眼看着河水一个劲地冲击轮毂，渐渐上涨的河水把车子冲得直摇晃，我们生怕汽车困在这里影响后续车辆。好在大部队战友一手扶着头顶的武器、背包，一手空出帮忙推车，发动机还算争气，嘭的一声又发动了，一下子就冲了出去。从车窗回头、招手，高呼："志愿谷道木，康马思密达。"（朝语：志愿军同志，谢谢）是夜，整个河床没露灯光，帮了大忙。

我连一班驾驶员王老头不过 30 岁出头，在连队里算老大哥。他夜间行车总是开大灯，说看得清跑得快，为此曾遭连长多次点名批评。为了不连累别人，他一直跑单车。他虽被敌机瞄准过多次，但都跑掉了。他的经验之谈是："美机确比辽沈战役蒋军的飞机厉害，开始被美机追着打，也有点害怕，半个月下来一想：你在天上飞，我在地上跑，你飞你的，我跑我的，为什么怕你，哪有那么巧就被打上了？飞机和汽车速度不一样，敌机扫射要想命中汽车哪有那么容易？在敌机投弹扫射的一刹那急停一下，敌机过后加大油门加速快跑是可以躲过去的。"这与敌机斗智斗勇的大无畏精神固然可嘉，但绝不能推广，从全局看，你单车跑掉了，沿路的其他车就遭殃了。

汽车兵为了多拉，大多超载，想快跑但总快不了。夜里不能开灯，冬天在冰面飞驰，碰撞、翻车是家常便饭。汽车兵的辛苦是，别的部队到了驻地就能休息，汽车兵没有固定的驻地，因为部队规定汽车不能扎堆，要分散停放。汽车兵还要先对汽车检修、伪装，有时自个儿烧点饭吃才能披个大衣到山坡或半地下掩体睡觉、休息。等到下午，就去把车收拾好，天一黑接着出发，每天晚上行车都挨炸，天天有人牺牲，有的是机关枪扫射，有的是炸弹，还有凝固汽油弹，这种燃烧弹很厉害，落在哪里都能燃烧，在水上都能烧。行车沿途都是大山，经常开着开着就听见呼啦啦的声音，那是有的战友开车从山上翻下来了。

我们司机正是在这种生死攸关的情况下学会了与敌机作斗争的方法，还互相交流经验。从被动挨打到主动出击甚至逗逗敌机，保证了源源不断地把战备物资送上前线。汽车兵就是凭借高超的驾驶技术与敌机周旋。美战机扫射志愿军汽车，有一次大概太兴奋，朝地面俯冲过来，机枪还没来得及扫射，敌机就撞上了山体。眼看敌机爆炸，我们好大欢喜。

70多年前的这场战争，无数中华儿女在朝鲜半岛奉献了自己的青春和热血，我们只是其中的一员。作为这场惨烈战争的幸存者，如今我们都是80岁开外的老人，聊起那战火纷飞的岁月却感觉似乎就在昨天，记忆永远无法抹去。

1951 年 7 月 10 日，朝鲜停战谈判开始，敌方力求通过局部军事行动给我方施压。8 月中旬，敌方乘朝鲜发生特大洪水灾害、交通运输困难及粮弹不足之际，接连发起夏季和秋季攻势。其显著特点就是战役与停战谈判配合，军事斗争与外交斗争交叉进行。汉城以北的铁原郡，南面崇山峻岭，山峰耸立，北部却是一马平川，它是汉城至平壤铁路的必经之地，几条重要公路的交会地，也是战争囤积、转运物资的重要战略交通枢纽。

当时我一八八师五六三团坚守阵地，抗击敌人秋季攻势的铁原阻击战在这里展开。我行车小组从三登兵站急运一批二六式毛瑟轻机枪弹到铁原，沿途两边见不到能栖身的房舍，残留烧焦的屋脊和炸毁的瓦砾断断续续点缀沿线。为了多跑路程，我们一直到天大亮赶到洗浦里才找到个深山沟民房伪装。一夜的饥饿，让我们迫不及待地点火烧饭，我特地到房外查看烟囱，只见淡淡的烟雾出了烟囱孔就被微风吹散，像透明的云绸消失在天空里，我才放心地从后门进了民房厨间。正在烧火的小孙心急，往灶膛里又添了两把稻草，也许稻草有点潮湿一下子燃不起来，反而一股黑烟从灶膛反向冲出，呛得小孙揉眼捂鼻；另一股黑烟也毫无保留地从屋顶烟囱冲出，盘卷着冉冉上升。坏了！目标暴露了，一时的疏忽酿成了大祸。敌机发现了烟火，俯冲就是一梭子，穿过石板屋顶直击烧饭大锅，就在我眼前弹头横扫一排火花，好险！要是弹头直扫，我就"光荣"了。其实当时想不了那么多，我预计敌机转一圈后必会回来再显其高超技能，回头转向小孙喊：快跑！两人拔腿就跑，眨眼工夫就钻进 50 米外山脚处的防空洞。刚拉好伪装树枝，掉头向外一瞧，连来两架敌机，丢下一枚凝固汽油弹扬长而去，本来就被炸毁的民房，此次又被敌弹弄成火团燃烧。无奈，我们再从车上取些大米，吃几口生米，喝一口泉水，权当充肚皮。伪装在山沟里的弹药车安然无恙。是夜，我们再赶路程，在山后掩体卸下弹箱才松了一口气。这种事情半年来司空见惯，我们真有点习以为常了。

2010 年 7 月战友来沪参观上海世博会期间聊起

1951 年开春，覆盖朝鲜山野的雪毯开始融化，河床的冰块也渐渐分裂。我这两天总感到不适，老是想睡，全身没劲，班副看到我没精打采的样子，问我哪里不舒服，他摸摸我的额头说：好像有点发烧。我和小孙勉强把车子伪装好，班副要我早点去休息，还叫小孙想法弄个鸡蛋、烧点稀饭补养补养。我这时特别怕冷，小孙帮我从车上拿下棉被，我在隐藏于山沟里的朝鲜民居热炕头上，蒙上被子倒头便睡，昏昏沉沉地听小孙叫我喝点热稀饭，我也迷迷糊糊地讲：什么也不想吃。

也不知几天后，脑子有点清醒——我怎么躺在猫耳洞里？下面铺满厚厚的稻草，身上还盖着棉军被，就我一个人，想动又没力气。就在这时，感到有人拉扯我的被子问：同志，你想要点什么？我微微睁眼说：有点饿，然后有气没力又昏昏入睡。

不知过了多少时间，一位女战士端来一碗热气腾腾的水泡炒面要我坐起来吃。小小的猫耳洞根本直不起身，她要我把手伸出来，把我拉到洞口，把炒面碗递到我手上，回头去找树枝把洞口再伪装一遍。也不知饿了几天，这碗炒面吃起来特别香。女战士还跟我开玩笑说："饿昏了吧！你这是饿病，吃了东西就好了。"我反问："我怎么到这里的？"她说："你是前天被一位司机送来的，当天敌机又在头上转，院长要我们把所有伤病员就地分散到附近的防空洞，谁把你送到这个安乐窝的我也不知道。今天我的任务是负责西面的一片，要找回你们这些不要命的兵。要感谢我吧！"我恍然大悟，原来班副看到我昏迷不醒，把我送到野战医院来了。多亏这位小护士，当然要感谢她，可是我至今也不知道她姓甚名谁。

还剩下小半碗，也许身体还没恢复过来，吃不下了。我问她：

"我得的是什么病？什么时候回医院？什么时候回部队？"调皮的小护士说："不是跟你讲了吗？你得的是饿病，天黑前我再拿点压缩饼干，和剩下的炒面一块塞满肚子病就好了。至于你什么时候回嘛！等你肚子塞满后，我会带你们去。"

也许真的是饿病，吃了点东西，精神好多了，我就在洞口晒太阳，身上痒痒的，解开衣扣就抓那战斗虫，嘎嘣、嘎嘣，一个个虱子在我两个指甲壳的夹击下被消灭。老远的防空洞口，有人好像和我一样也在消灭战斗虫。

傍晚小护士又来了，手扶着两个伤员，后面还跟了一大串伤病员，夹杂着牵扶的护士和几个肩抬或身背的重伤员，还有两个腿不能走又不要人帮忙的伤员，硬是用扎了稻草的两个膝盖和两只手跟着我们队伍爬行。我下午又增加了点营养，精神又好了些，也扶着走路一跛一跛的伤友。天转黑，护士带着我们沿着铁轨走进山洞，原来他们要送我们这些没有战斗力的士兵回国治疗和休养。

山洞里停了一溜半高敞篷车厢，身体尚可的靠几只手电筒就从两个车厢连接的车钩处往上爬，再双手向车厢壁一抓，一只脚一抬翻进车厢。几个护士帮忙，又推又拉地把大家送进车厢，我坐在车钩处喘气，实在没力气再往上爬。护士用手电筒照着我，叫上面的病友帮忙拉一把。总算上面伸下两只手，下面护士推着我的脚，我才翻进车厢。漆黑的车厢也看不出挤了多少人，本来还算安静的车厢随着火车启动，左右摇摆，车厢里就热闹起来。伤员的伤口不能碰，一碰就痛，病员大多没精打采，总要倚倚靠靠，一靠上伤员伤口，伤员就破口大骂。我挤在两位伤员和一位病员当中，缩抱双腿，闭上双眼，生怕碰上左边右手包扎伤口的伤友。

出了洞又钻进洞，车头冒出的煤烟灰带着火星随风飘落在车厢里，战友们没有棉帽的就用棉衣蒙着头，渐渐地适应。一夜的疲劳，夹杂着火车车轮与铁轨咔嚓咔嚓的催眠曲，车厢里安静多了。当东方发白，火车进鸭绿江大桥。我睁眼一看，车厢里五六十号东倒西歪的伤病员都惊醒了，有的说：要到安东了。有的说：不对，出国的时候大桥不是这样的。七嘴八舌，议论纷纷。这时远处传来锣鼓声，车速渐慢，不知是谁大叫"辑安"。顿时人们兴奋起来，能立起的站起来，立不起的也睁大眼睛仰头张望，心中似乎都在说：祖国，我回来了。

锣鼓声敲个不停，火车稳稳地停靠在辑安站，妇女们的腰鼓使劲起舞，小伙们一个个打开敞篷车的侧面车壁，牵扶着伤病员下车。出了站，那挥舞小旗的人群欢呼"欢迎英雄战士回到祖国"，我哪是英雄呀？但我确是回到祖国了，真的，一听到祖国，心里就热乎乎的。

一长溜的大平板马车早停在火车站广场前，能上车的自己上车，不能动的有人背、抬。这真是鸭绿江两岸两个天，沿路那和平景象与朝鲜那战争环境形成强烈的对比。

马车停靠在临时租用的军用招待所，我们这些轻伤病员，有5位分在炭火烧得暖和的房间。不久来了一位穿军服的女同志，询问并登记了每个人的姓名、籍贯、年龄、原单位的番号、代号、职务和伤病情况。当我说出我得的是饿病时，女同志扑哧一笑说：没听说过。中间还进来一位中年人，拿来5套新的军单内衣裤，要我们换下身上穿的脏衣裤，说是拿去清洗后再给我们。女同志走后，我就纳闷，这棉衣裤洗后要多少天才能干呀！房内的炭火虽然烧得暖暖的，但总不能在这等几天呀！我们5位随便聊了聊各自在朝鲜的趣事，还没到午饭时间，我们的棉衣裤就被送回来了，兜里用白布条写着房间号和姓名。对上号我就穿上了，顿觉身上又轻松又暖和，还发现棉衣夹缝里的战斗虫都死光光了。啊！开窍了，原来是送去高温蒸汽消毒去了。祖国人民想得真周到。

傍晚，我和一些病友被送上一列用硬座改装的卧铺车，它是在相向的硬座间铺上一层木板，再在硬座的靠背（当时的靠背是比较高的木质硬靠背）上再加一层木板，两层木板都铺了厚厚的床垫。睡上去后，跟车照顾我们的战友（他们也穿军服，据讲他们是在抗美援朝中参加军队干校的学员）还帮我盖好被子。我从来没有这么舒服，祖国人民，我该怎样报答你？这一夜简直不能和前一夜比，同样是铁轨咔嚓咔嚓的催眠曲，倒像是幼时母亲的摇篮曲。

天亮了，卧铺车一股劲儿地把我们送到黑龙江省讷河县，又是欢迎队伍，又是锣鼓喧天，我被分到讷河县人民医院治疗。上午大夫就来查房，听诊后问了我的病情，委托跟随大夫的护士说：饭后抽血、验尿。下午，当地居民提着一大篮鸡蛋慰问伤病员。我问心有愧，我不是英雄，但我也决不做狗熊。

第四天，大夫告诉我血检结论是伤寒，一般表现有发热、畏寒、头痛、食欲减退，有的可出现昏迷。我是属于轻型副伤寒，一至三周即可恢复。这时我的头发有些脱落，大夫认为这是病后正常现象。我的天哪！我是幸运的，我必须返回部队，必须和他们战斗在一起。

又过了两天，军分区来了一位参谋，正式通知十几位治愈可出院的先到海伦县军分区集训队报到，想必那是重返前线的最佳途径。

但是结果令我大失所望，我们在海伦学习时事、军人复转政策及大后方建设的需要。不对，这里明摆着是复转军人的转运站，不行，我必须设法"开小差"。好在临时编制的班、排长互不熟悉，管理也松懈。我瞅准一个晚饭后，其他战友去打扑克，我向班长打个招呼上街买牙膏就溜号了。当时志愿军没有帽徽，也没有胸章，只要穿上军服，乘公共交通车或火车都是免票的，就凭这身军服我很快上了火车直奔沈阳，那儿有我们三团的留守处。真是巧极了，我的排长正好从前方回来到留守处办点事，我们两人在一个炕上谈了一宿，第二天我跟排长的车从安东第三次入朝。那儿有我亲密无间的战友，有我一直怀念的烈士兄弟，是祖国最需要我的地方，我应该回来，应该重返前线。

2000 年 10 月 25 日抗美援朝 50 周年小忆

那还是 1950 年夏季，四野汽车三团车载军用物资入夜穿过广西边境县城靖西直达越南高平支援越南抗法战斗。

时间转到 1951 年初春，我汽车三团连续不断装运武器弹药，白天装货，晚上过境。这天，我们正要满载大米向靖西启动，突接军委命令：全团汽车就地移交，调兵北上。战士们早知我志愿军已跨过鸭绿江并取得第一、第二次战役胜利，战士们个个摩拳擦掌，准备继续抗敌，发誓把敌人赶回老家去。

入夜车队驶过鸭绿江大桥进入朝鲜边境乡村，这和越南边境乡村的战争情景是两重天，前者美军飞机日夜在头上转，机枪扫射声、炸弹爆炸声不绝于耳，后者法国飞机只偶尔似蚊子哼哼两

坐在驾驶室里的是李树华，坐在车翅膀上的是张子清，坐在车头上的是黄建华

下从头顶掠过。当夜摸黑，全连满载弹药和粮食的运输车队才行驶 100 多公里，汽车就被炸毁三分之一以上，战士伤亡也达四分之一。

结束了这悲伤的一夜，连长李廷喜振臂高呼："祖国是我们的后盾，只要人在，我们的运输线就不会断。"我们几位幸存者，告别被毁的心爱的小嘎斯（苏联造 2.5 吨轻型卡车）回国到安东接新车，趁此难得的机遇将新车开到照相馆门前，请师傅为我们留个影。无奈身边钞票不够，只好来个合影，既省了钱又增进了友谊。

如今 70 多年过去了，那生死与共的战友早已各奔东西。如能再相见，人已老矣，面貌会变得互不认识，但名字却永远刻在彼此的心窝里。

环保意识如今已深入人心。在城市马路上作业的洒水车对路面进行冲洗，顺带给炎热的夏季降温。但主要是使空气中的尘土以及微小颗粒物沉积下来，达到一定程度的除尘效果，有利于人们的身体健康。然而，70多年前我们反而喜欢扬起的灰尘，遇上满天飞尘更高兴。这是为什么？

入朝已半年多了，别看敌机疯狂又低飞，我们已从后勤运输战场摸索出一套对付敌机的办法。旱季气候干燥，有的山谷风口正好对上前面一条泥土碎石路，山风一吹尘土飞扬。急速奔驰的汽车，那车轮唰唰地在泥土路上飞转，促使灰尘铺天盖地飞升、四散，这漫天的灰尘变成一块覆盖大地的巨大屏障，隐蔽了自己，也迷惑了敌机。

记得入夜车在山腰行驶，坡陡路弯，我们减速慢行。到了深夜，长长的下坡道把我们引入一丘陵地带，路直少弯，爬上坡后紧接着下坡。然后又加油冲坡，冲上坡顶利用下冲力加速再冲坡顶。是夜，只见前车尾扬起层层灰尘昏天黑地，尤其在会车时形成了一股旋风，又更多地带起了路面的尘土，也增加了我车的隐蔽性。防空哨鸣枪报警，少顷也听到"黑乌鸦"（对美军 B-29 轰炸机的贬称）的哀叫声，我们已不当回事，照样开小灯急驶。当时最先进的敌机尚无红外夜视和雷达装置，泥土路成了对付敌机的隐形路，灰尘帮了大忙。敌机无可奈何地随地抛了几颗炸弹，卸了包袱，回去也有个交代。

次日天渐发白，找地伪装，才发现灰尘从关不紧的驾驶室门、操纵杆下面的缝隙钻入，驾驶室内也散落斤把重的灰沙。后车厢上更是铺满厚厚一层灰石。战友们相互凝视，除牙齿还是白的，个个灰头土脸，呼吸有点急促，手指挖挖鼻孔，全是泥沙。

小王脑子动得快，出了个鬼点子说："下次再遇到飞沙走石，我们可以把急救包拆开做成口罩。"班长马上回话："你敢！那是急救用的，这点灰沙就是吃进去也不会要你的命。"小王伸伸沾有黄土的舌头，嬉皮笑脸地说："班长，我这小丘八哪敢！哪敢！"班长回了一句："人小鬼大。"其实班长也只比小王大两岁。

2019 年 5 月 11 日在申园二期工地的联想

我连特等功臣陈佑甫有一项英雄事迹是：在敌机投下凝固汽油弹时迅速脱下外棉衣，瞬间把车棚着火的汽车开离火车转运站，避免了转运站更大的损失。

然而六班小李却没这么幸运，他和班长驾车运送粮食到前线六十三军，路过市边里，直达深澳洞。敌机为配合其地面坦克群的反扑，几架"油挑子"（对美军 F-80 战斗机的贬称）又临空空袭，先丢照明弹，接着就丢下凝固汽油弹。班长眼见前方爆炸燃烧难以冲过去，于是紧急刹车靠边停靠。握枪坐在车厢上的小李迅速从后车厢里跳下来，准备隐蔽。结果班长来个紧急启动，开车闯了过去。不幸的小李被一团火球击中，后面跟上来的行车小组六班小邵眼见一人被熊熊大火包围，赶忙停车抢救。助手小赵下车，一瞧是小李在碎石地面打滚，火球越滚越狂，周围全是火与烟。小赵忙从旁边树上折下树枝拍打小李身上的火球，谁知火越拍越大，小李蜷缩着身体，哀叫直刺人心，他们眼睁睁地看着他被烧成一团。黑烟渐渐飘散，小邵、小赵悲痛地在沟旁掩埋了战友遗体，再奔前线继承战友未竟的事业。

三天后，小邵、小赵以非常沉痛的心情向我讲述小李牺牲的经过。小赵还把左手伸给我看说："这绛紫色的伤口就是飞溅到我手上粘住的小块冻猪油膏似的凝固汽油，粘肉、火烧冒黄烟、耐烧、呛人。我忙用右手一拍，火是拍灭了，但右手掌黑乎乎、黏糊糊的，左手背伤口烧痛了好一阵。"小邵说着说着便哽咽了，小赵掀起衣角在揩眼睛，我们心里很不是滋味，眼睁睁地看着一个活泼可爱、血气方刚的战友就这样地离开了。

虽然我没有亲身体验过凝固汽油弹杀伤的威力，但听战友多次讲述：这凝固汽油弹扔下来就是一个大火球，火球在空中爆炸，爆炸时伴随一层火焰向四周溅射，飞溅的小火瓣一旦溅到身上就像狗皮膏药一样牢牢附着，扯都扯不下来，并长时间燃烧。铁板、钢壳被烧红变形，人被熏烤烧焦。如果用手去拍打，越拍火越大；如果在地上滚动灭火，更是将大火引遍全身。人身上着了火，必定痛苦奋力挣扎，越挣扎越容易把燃烧油块甩到靠近人的身上，形成二次杀伤。只要有一点凝固汽油附着于人体之上便会持续燃烧，直到那个人死亡。如果连人带火跳进水里，水里会冒出燃烧的气泡，急剧消耗空气中的氧气，会使人窒息或神志不清。如果着火部位不大，唯一的办法就是用衣物覆盖彻底隔绝氧气。这是美军在朝鲜战场上使用的一种非常残忍、恐怖的杀人武器。

受凝固汽油弹杀伤更大的是朝鲜人民和村庄，村庄里在家熟睡的小孩、老人也都逃不脱美机的炸烧。许多无人区不是炸弹、扫射造成的，而是凝固汽油弹，它足以烧毁地面上的所有物体，其杀伤力比起美军使用的蝴蝶弹、定时炸弹等，有过之而无不及。

在 2016 年播出的电视连续剧《三八线》第 18 集，有个情节是志愿军运输连战士张金旺和老班长在开车执行任务途中，突然发现车胎没气了。他们急忙下车查看，发现车胎被一个小小的四角钉扎破，车轮泄气，整车歪斜，被迫停车。在抗美援朝战争纪录片《钢铁运输线》中也有类似场景。这是志愿军汽车兵经历的真实事件。

这四角钉是什么？是朝鲜战争中美军为破坏我志愿军钢铁运输线专门撒在车道上的一种四角形铁制尖钉，从敌机撒下后，总是三个角坐落地面，一个角朝上，就像碳原子的正四面体，专扎我汽车轮胎。在我们没有制空权的条件下，路被毁、桥被炸，敌机撒在我后方连绵数公里的就是这种四角钉（又称三角钉）。

美军除了施展硬招轰炸破坏外，还有软招就是撒角钉。这角钉不是美军的新发明，在 1700 多年前，公元 221—263 年蜀魏时代就有这种兵器，叫铁蒺藜，又叫"扎马钉"，也是正四角形，专扎兵士的脚和骡马蹄子。它是受一年生植物蒺藜启发，蒺藜的果实中、下部带有锐刺 4 枚。在古代战争中，将铁蒺藜撒布在要道，用以迟滞敌军行动。美军对我源源不断的钢铁运输线无可奈何，便使尽了各种破坏志愿军运输线的小伎俩，四角钉大量撒向公路，企图扎爆我汽车轮胎。这种诞生于冷兵器时代的四角钉居然在现代战争中还能占有一席之地，但也没法改变其失败的命运。

1951 年春夏之交，朝鲜战争进入胶着状态，志愿军已将以美军为首的"联合国军"赶回到"三八线"。战事向南推进，前线步兵自带的粮弹消耗已尽，后勤供应也因运输线延长而日渐紧张。此时又值朝鲜雨季，山洪暴发，道路桥梁常被冲毁，致使我

美军撒的四角钉

军后勤供应时断时续。我军这一弱点被敌方利用，趁火打劫，美军除发挥其空中优势将朝鲜北部地区的公路铁路乃至桥梁炸毁外，在广阔平原、敌机可低飞较直路段连绵数公里撒下成千上万个四角钉，有的四角钉钉心是空管，扎到汽车轮胎上撒气更快。总之，敌人的如意算盘是，即便志愿军的汽车躲过了飞机投下的炸弹，也难逃小小四角钉的暗算，以此企图阻止我汽车顺利地把物资送到前线。开始我们没意识到这一毒计，夜间我汽车司机摸黑前进，一次听到"哧"的一声，方向盘突然向右一转，扳过来非常吃力。我预感车胎被扎漏气，急忙停车一看，吓了一跳，隐约可见路上和路边杂乱地散布有不少黑色的四角尖钢钉，汽车轮子只要轧上一个角，轮胎肯定就要被扎破漏气。这看不清的鸡爪子大小的四角钉，使许多汽车轮胎纷纷瘪掉，汽车瘫痪在路上，敌机借助照明弹，乘机扫射汽车。汽车经常中计爆胎，最多一次连爆三个轮胎，甚至车翻人伤，付出血的代价。

然而这小小四角钉难不倒中朝人民，吃一堑长一智，没过两天我们就找到了对付美军这恶毒伎俩的办法。沿途的防空哨一边防空一边收捡四角钉堆集在路边，天一擦黑，成百的朝鲜妇女和小孩就来到公路上，开始用扫帚扫，这四角钉有 3～4 两重，扫帚扫不动，干脆就弯腰拾起丢到路旁。有些小男孩也不怕四角钉扎脚，竟学会朝四角钉中心点踢，一脚一个就踢到路旁的水渠里。一溜军民，不到 20 分钟，就造成了美军花了九牛二虎之力从制造→运输→装机→丢撒到失败。我志愿军还把这四角钉拿来我用，变废为宝，成为再方便不过的蜡烛烛台，简单稳当。这恐怕是美军做梦也想不到的。

据说狡猾的敌机也在我野战机场撒了不少四角钉，但作用不大，我们人多，顺手捡走就解决了。以后形势渐渐好转，我空军出击，高炮发威，敌机不敢低飞，四角钉也寿终正寝。

美军在朝鲜战场上使用"子母弹"不多，只偶尔听到过，对其残留物也是事后才见到。

那是在往前方运送一车罐头时，因道路被炸在抢修，两方向来往车辆严重堵塞，不能移动，从对面开来的几辆坦克也被迫停在我的车旁。我下车特意看坦克，借着月光向从坦克顶盖探出头的坦克手招招手，这样就搭上话了。我一直对坦克感兴趣，很快爬到履带上向他行个军礼说："向英雄的坦克兵致敬！"他回礼说："兄弟，也向英雄的汽车兵致敬！"我伸出左手示意他握个手，但一握上就紧紧抓住不放，坦克兵只好顺手把我拉上去。我顺手摸到了坦克装甲外壳，问："啊！怎么坦克皮成了麻子！"这一问，才听到子母弹这种炸弹。

听他讲解，子母弹有子母炮弹和子母炸弹两种。子母炮弹是用大口径火炮发射，具有"分身术"，是大面积击毁坦克的有效武器之一。当它被发射到坦克群上空爆炸后，事先装好的许多子弹会倾泻飞出，像下雨一样击毁坦克，这麻子就是子母弹给我们"化妆"的。敌军就是用这种子母炮弹专门打击纵深内集结的坦克群或行进间远距离的坦克。只要命中，就能穿透装甲和杀伤车内人员。还好，这几辆坦克都没被命中。命大啊！我又长知识了。

后来见到工程兵，从他们那里知道子母弹的官名叫集束炸弹，外表和普通的炸弹没有什么区别，只是它胖乎乎的外壳里却藏着数百颗子炸弹。每颗子炸弹为比小孩玩的玻璃弹子大一点的球状。由轰炸机空投、分解，爆炸后就分散成上百颗小炸弹，威胁范围比常规炸弹的爆炸范围要扩大 10 多倍，如同播撒无数死亡的种子。子母弹的爆炸声像鞭炮一样此起彼伏，散布的子炸弹广泛分布在地面，造成区域性杀伤。其中有些子炸弹设计时就不让它爆炸，权当定时小炸弹，分散在村落、耕地、田野、山林中，相当危险，对没有装甲的车辆或器材以及百姓伤害很大。工程兵把子母弹拆除后，还拿了一颗钢珠子弹送给我作为纪念。后多次调动、搬迁，这颗钢珠子弹也不知在哪儿溜掉了。

在回忆抗美援朝曾遭遇各种弹时想到

2019 年 10 月 28 日

　　泰康申园养老社区大堂有一棵从三楼顶吊下的蝴蝶树，近百只彩蝶在接待大厅围绕大树旋转、飞翔。五彩斑斓的蝴蝶，被人们誉为"会飞的花朵"，多美的称赞，它们是和平的象征。

　　谁能想到 70 多年前，这"会飞的花朵"却在美军手中变成"杀人的花朵"，它挂上蝴蝶的美名谓"蝴蝶弹"，残忍地切割人们的躯体。蝴蝶从美丽的象征变成了杀人炸弹，和平与战争形成巨大的反差。

　　那是 1951 年下半年，连长传达团参谋处的通知：在公路上、稻田里、草丛中发现一种从来没见过的炸弹，经确认是敌机丢撒的蝴蝶弹，又叫"跳雷"。告诫全团官兵，务必提高警惕，一些不明的东西，不了解之前绝不可试摸、捡回。要做好标记并及时逐级上报，统一处理，切记。

　　之后，确实在朝鲜各地发现这种蝴蝶弹，不仅公路上、稻田里、草丛中有，民房、树枝、丛林间也无处不在，几乎撒满朝鲜各主要战备后勤基地。时不时就听到有被蝴蝶弹炸伤致残的朝鲜人民和儿童，有的蝴蝶弹从敌机丢下没有落地而是挂在树杈上，如果只注意脚下，而脑袋碰到挂有蝴蝶弹的树杈，同样会被炸残甚至身亡。

　　一次我有机会看到被取出引爆装置的蝴蝶弹，外形酷似展翅的蝴蝶，表面涂成彩色，很好看也很吸引人，如不经人提醒，还以为是件玩具。其实它是一种小型空投跳雷，不重，和一颗手榴弹差不多。它一旦从敌机舱抛出，就会在"蝴蝶翅膀"的作用下旋转缓慢下落，不受到剧烈冲击，形成不了弹坑，反而像芝麻一样撒在地面上，分散广，数量大。它与普通炸弹不同的是落地后不立即爆炸，而是毫无规则地散落在树杈、房顶、仓盖、水沟、溪间、河床、山头、弹坑、小道、路旁、地边，要扫除这种跳雷非常困难，它们对部队行军和不知情的平民杀伤力非常大。

据了解，它的引信上的压力传感器非常灵敏，只要踢到它的翅膀，略微碰一下它就会跳到一米多高处爆炸，即使跳雷落地时是歪斜或倒置的，碰上它也会爆炸。跳雷涂有一层伪装迷彩，有的与自然色彩相似，不经细致排查不容易被发现。此跳雷装药不多，但很残忍，一旦碰上、踩上它，它的炸片、碎渣可以直刺手臂、腿脚等使之流血、断裂，虽不致命，但可把人炸成残疾，令被炸者生不如死。这是美军在我后方大量空投三角钉失败后采用的武器，曾一度使我补给线受到影响。它更多的是针对朝鲜人民和儿童。

魔高一尺道高一丈，你有你的撒手锏，我有我的金刚钻。许多排除蝴蝶弹的办法在集思广益、群策群力下征集上来，又经后勤参谋部门归纳总结下发至各连队：1. 采用射击引爆。原来蝴蝶弹的两翅之间还有一根约20厘米长的钢丝，战士在离蝴蝶弹较远的洼地里，用步枪向它射击，击中爆炸就消灭了。2. 采用拉绳引爆。用一根铁丝弯个小钩拴在绳子的一头，然后轻轻地把小钩搭在蝴蝶弹的钢丝上，人在远处大石背后用力一拉，蝴蝶弹就轰的一声爆炸了。3. 更简单的办法，用两三根竹竿绑接成十几米的长竿，躲在远处用竹竿挑动蝴蝶弹上的钢丝，一挑它就爆炸。这办法虽最简单也最快速，但也最危险，不提倡。

1953年7月27日朝鲜停战协定签字后，一些部队继续在搜索、排查和拆除这种残害人的蝴蝶弹。后据统计，美军在朝鲜战场投放的蝴蝶弹超过4万枚。

2019年6月20日于上海松江泰康申园

定时炸弹

最早听到"定时炸弹"还是在第五次战役后，我们连长在山沟里的加油站接送要加油的嘎斯车时，向战士们一个个地交代：有种炸弹不会马上爆炸，美军在这种炸弹上装了定时针，什么时候炸我们不知道，这叫定时炸弹。同志们遇到时一是绕开它，二是在它附近做个标记，引起其他车辆注意，以后会有工兵部队来处理。

美军真狡猾，我倒想看看这定时炸弹是个什么玩意儿。这夜拉的是一车弹药，大雨滂沱，盖好桐油毡布捆扎好就启程。虽然因瓢泼大雨看不清道路，但下大雨敌机不敢起飞，天空太平，也是我放心大胆开大灯奔向前方的大好时机。道路泥泞，泥浆飞溅，大小坑洼，左打轮右回转，小嘎斯像是在跳欢乐舞。毕竟敌机不来干扰，我心情也很放松，与小嘎斯一起在座位上跳起欢乐舞。离开装货的三登兵站弹药库快两个钟头也只跑了60多里。

进入一个小平原，没见敌机，但突然前方火光一闪，接连一声爆炸声震耳欲聋。不好！敌机大雨夜里也要偷袭丢炸弹？瞬间反应过来，不对！这莫非就是几天前连长讲的"定时炸弹"？慢慢地前面的车相继停下来了。下车远望，雨中一长溜灯光，煞是好看。前面传来消息：两部兄弟部队车辆被定时炸弹炸毁。后续车辆纷纷取出修路工具顶雨奔向前去，我和副驾驶关上车门也走上前去。越过20多辆车，只见一直径约四大步的大坑，旁边歪斜了两部被炸毁的小嘎斯，后面还有一部被炸伤的吉斯-5。50多名互不相识的战士在大雨倾泻下没人分工，然而都积极投入这突发的后勤战场。其中几位为两名被炸飞的烈士拼凑遗体，简单地揩掉面部的血迹后在路旁挖坑掩埋。另外几位为三位负伤的战友包扎伤口后，又背又抱地将他们送上回程的空车。更多的人挖土填坑，以便尽快修好能通车的便道。这弹坑又大又深，何时才能填平？坑边那辆被炸毁的嘎斯妨碍掀土，旁边十几位战士干脆把这炸毁的汽车掀翻推进炸弹坑，既解决了妨碍掀土又替代了填坑土量。在雨水冲刷助力下便道逐渐成型，半个小时后第一辆车顺利通过，驾驶员各就各位，齐按喇叭以示庆贺。看似庆贺，但战士们心中都在寻思对付定时炸弹的办法。

有一夜，防空哨用防空枪报了警，我迅速关了汽车大小车灯，减速慢慢停靠在一块巨石旁。只见月色下黑压压闷沉沉的几架"黑乌鸦"像下蛋一样，投下一个个大铁蛋。明明看到铁蛋落下，奇怪的是几分钟后却没听到铁蛋爆炸，难道都是哑弹？不可能！有经验了，这敌机丢下的是定时炸弹，企图以不定时爆炸形成连续巨大杀伤力，给运输兵带来防不胜防的重大威胁。"黑乌鸦"下完蛋就溜走了。我车继续前进，在车灯扫射下，除一颗定时炸弹落在路边水沟旁深钻地下，在地面留下个脸盆大小的坑，坑中露出定时炸弹的小尾巴外，其他的定时炸弹也不知道被扔到哪去了，也许扔在山腰上、小溪里、田野中。这种七零八落的铁蛋并没能阻挡我车轮的飞奔，却给朝鲜人民带来不可估量的危险。

敌机有新矛，我必有新盾，敌来招，我拆招。一开始，面对这种摸不准的炸弹，我们简直不知如何下手，拆又不会拆，战士们只好将生死置之度外，先派两三个人把入地两三米深的定时炸弹四周的泥土慢慢小心地挖开，再拴上绳子把它拉出来拖到离公路较远的野地。战士们隐蔽好，从远处用步枪射击引爆炸弹以消除隐患。有时候拖运途中炸弹发生爆炸危及战士生命，甚至挖到一半突然爆炸。我就看到过一次，为了保持道路畅通，防空哨兵就用这种笨办法。经历这血的教训后，不少战士开始琢磨这玩意儿：敲敲打打非但不能拔

战士合力拖出定时炸弹

下引信，还会导致击针撞击顶火帽引起爆炸，因此以后战友面对这种炸弹先使劲稳定引信，然后用铁钳顶住击针，最后慢慢拆除。我英雄无畏的防空哨

战士思考如何取出弹药再利用

兵竟然在战争中学战争，用生命去摸索拆卸定时炸弹的方法，拆除定时器，使它成为哑弹。以后又采用了更便捷的方法：先派一位战士把定时炸弹露头处的泥石清扫干净，再换一位刚学会拆除定时器的战士去拆除，再把坑挖大，合力把哑弹拖走。一位专门学拆卸定时炸弹定时器的战士说："孤军作战好！它要是爆炸了，只牺牲我一个人。"这就是志愿军战士的英雄气概。战士们又觉得这些拆除了引信的炸弹扔了太可惜，于是开始思考研究，如何废物利用。

2016 年 3 月看小朋友玩"定时炸弹"游戏引起的回忆

美军是否使用过细菌战

前年一位退休的同事对我说，有文章说朝鲜细菌战是假的，要我证实一下。我说：怎么是假的呢！记得 1952 年春我连驻地有个约两平方米的泉水口临时加盖，那是防止美军投放细菌弹污染水源。另外，我亲耳所闻一班小王跟大家讲的离奇故事："1952 年春夏之交我日宿洗浦郡，约莫上午 10 点已经入睡，阿妈妮听到敌机声忙把我叫醒进防空洞，我在洞口就看见敌机在附近盘旋几圈后俯冲下来，在小丘顶上扔下几枚炸弹就飞走了。这些炸弹落地音格外低沉，没见爆炸。因为这之前我们已作过如何防细菌战、如何发现消灭细菌弹的知识教育，我估计这没爆炸的炸弹就是细菌弹。10 分钟不到我从汽车油箱抽出一小桶汽油奔上去，一看倒在地面的弹壳已自动对开，一格格各类虫子，好像是苍蝇和叫不出的爬虫，萎缩成一团，也许刚刚摔下来还昏昏沉沉，迷迷糊糊。不管三七二十一，一小桶汽油就浇上去，火一点就熊熊燃烧，我还觉得不过瘾，又堆上一些枯枝干草，再浇上汽油狂烧一遍才消了气。另几颗细菌弹也在附近，临近部队向我要些汽油焚烧它们。"

我问小王那细菌弹有多大，他说和定时炸弹差不多大，落下后像花生剥壳分成两瓣，弹壳体内分成四个格子，像个书架。我一听到像个书架兴奋起来，要小王下次把弹壳弄回来看看。10 多天后，小王真的把烧完的空弹壳拉到连队来了。我再用汽油里里外外重烧一遍，觉得消毒过关了，待冷却后用野草把弹壳上的黑烟糊弄地擦了一下。两个人把它抬下来，再用水洗干净，竖起，放在连部当书架用，那一格格就是书架的一层层。这叫废物利用，也是拿来我用，从亲耳所闻到亲眼所见。想想细菌弹之所以没长久用下去，一是我军揭露及时，估计美军也怕世界舆论；二是美军也许是试探性地看看我军反应能力。

国际科学调查团在朝鲜调查细菌弹

细菌弹弹壳

细菌弹现场取样

细菌弹现场全面消毒

入朝第一天就遇上敌机的扫射、枪弹的乱飞、爆炸的现场，这就是身临其境的战场。几天来眼见战友的牺牲、车辆的被毁，也慢慢熟悉和适应了战争的残酷。约莫第十天夜里，又听到前方传来低沉的嗡嗡声，这声音不像战斗机唰唰的大风吹刮声，也不像轰炸机沉重的哀叫声。少顷，抬头见一架小型敌机飞得非常低，在众山间沿着曲曲弯弯的公路飞行，速度非常慢，甚至敌机亮灯的驾驶舱里戴有头盔和防护镜的飞行员也看得一清二楚。这小小的飞机从头顶掠过，机头没见机枪口，机翼没见挂炸弹。我正迟疑它是否是侦察机，这飞机转了一圈又飞回来，而且飞得更低，我真想用手握的三八马枪把这讨厌的敌机打下来。出国前我们进行了"三视"（仇视、鄙视、藐视美军）教育，指导员还特别提醒：遇到敌机不准打，这是纪律。如未经允许随便开枪暴露了目标，视损失情况给予处罚。虽眼见战友牺牲，憋了一肚子报仇的心，基于志愿军纪律也不敢轻举妄动。

临近的小飞机我们叫它"妖精"，老远就从夜空传来高音喇叭娇声娇气软绵绵的女子喊叫："'共军'弟兄们！别为共产党卖命了。""你们的父母等你回家娶媳妇。""'联合国军'优待向往自由世界的义士们！"

由于飞机总尾随我们，引起了战士们的仇恨和暴怒，有的不顾纪律操起步枪就对它开火，虽没击落，但怕死的"妖精"连忙升空逃之夭夭。敌机肆无忌惮地低空盘旋，不分昼夜地喊话，敌机下挂的扩音器常传来女子柔软的劝降声："'联合国军'的飞机大炮很厉害，你们的手榴弹有用吗？""投诚吧！自由世界有姑娘等着你。"这高音喇叭还常用东北、山东、广西、四川等地方口音喊话，以瓦解我军的士气。随着我高射炮发威和战机的出动，这种"妖精"不敢低飞了，高空喇叭喊话根本就听不见，"妖精"的创造者也感到白费劲而放弃了。

战争既是军力和经济的竞赛，也是战士心理素质和信仰的较量，敌军在硬的轰炸摧毁的同时也施展软的攻心战。在朝鲜战争中，美军对志愿军展开的心理攻势规模之大和手段之多是前所未闻。我有一次听从前线拉回的伤员讲，美军坦克在前沿阵地竟扯起大白布，从布的背面向我军放起电影来了，电影里播放摩天大楼、灯红酒绿、美女招摇，尽是寻欢作乐的镜头。当时我们没有炮，步枪手榴弹又够不着，潜伏在前沿我军战士既不敢暴露自己还要观察周围动静，距离又那么远，哪有闲工夫看这新玩意儿，美军挖空心思想出来的电影心理战没起作用。

在"妖精"喇叭、前沿放电影失败后，美军极尽挑拨、威胁和利诱之能事，大打心理战，这最后一招是飞机投传单、炮弹放传单、敌特发传单。到了抗美援朝战争后期，志愿军指战员们对于敌人的心理战已经司空见惯，对其传单、广播和各种投放物嗤之以鼻。一次我满载弹药车行驶在"三八线"附近的春川狭小路段时，美军用猛烈空炮以火力相伴撒放糖弹、纸片，开展心理攻势，再一次构成了朝鲜战争中的另一个特殊战场。

美军散发的传单（一）

美军是以被打倒的豪绅心理描绘的画面和惯用的口吻制作传单。比如左边这张传单，描述的是当时中国地主八口之家三世同堂围坐在餐桌前，也许他们认为这是圣诞晚餐。画中坐在左边那个骷髅描绘的是志愿军战士，美军假设他是鬼魂。传单正面的文字是"你的座位将空着无人！"背面的文字是："由于共产党官员继续中断停战谈判，你将在这个空位与你的家人圣诞团聚。"当时中国士兵的家庭都很贫穷，除了地主家庭，几乎没见过这种富裕生活，战士们并不理解传单的思路，这张宣传画自然也没起到宣传效果。不仅不能使中国军队士气受挫，反而更加憎恨这种地主剥削。

再如右边这张传单，通过画面上的文字可以解读出美军想要表达的意思。但是很多志愿军战士不识字，他们一头雾水，问：这个地主婆在干啥？还以为她在斗蟋蟀。

敌军还撒一种精印的贺年片，上面画着一个身穿旗袍的漂亮女人怀抱衣着丝绸的小孩，旁边加注晚唐陈陶的《陇西行》诗里的后段："可怜无定河边骨，犹是春闺梦里人。"我军多为出身贫苦的翻身农家战士，他们对这种脱离当时农村生活的贺年片非常反感，纷纷骂道："这是哪家的地主婆和野少爷？"一些待扫盲的战士根

美军散发的传单（二）

本不认识字，更看不懂这段诗的意思，这类绞尽脑汁的贺年片，能动摇志愿军指战员的军心吗！反而适得其反，加深仇恨。

美军耗资巨大的心理战攻势最终也只是黔驴技穷，徒奈我何！完全无法撼动"我自岿然不动"的坚强政治防线。美军办了不少蠢事，根本不了解当时中国的国情、战士的心情，就胡编乱写。后来到处飘散的美军传单最大的用途，是解决了指战员的手纸供应，还能充分满足烧柴引火、糊信封或用其反面做练字本的需要。

知己知彼，百战不殆。在心理战中，这句话可谓最贴切！如果不懂对方心理，如何进行宣传？朝鲜战争中，美军因不了解中国国情，散发的这些宣传单到了志愿军手里，不但没达到应有的效果，还让人笑掉大牙。

2011 年 4 月 6 日

抗美援朝中美军对我那摧不垮、毁不灭、打不断、炸不烂的钢铁运输线实施"绞杀战"，开始我们确实吃了不少苦头，无论汽车、物资、人员的损失、伤亡都很大。我方少量的高射炮对付大规模的敌机显然远远不够，承担运输重任的公路沿线有不少地段无法得到高炮部队的保护，以至于成为敌机的重点封锁区域。我汽车部队怎么对付敌人的飞机呢？入朝半年多来我们积累了不少斗争经验，其中一个颇为有效的奇招就是以假乱真、迷惑敌人，鱼目混珠、欺骗敌机，有意识地设置一些假目标，以消耗敌方弹药。

当月亮慢慢爬上天空接了太阳的班，火车头冒着浓烟闪着火星从山洞缓缓驶出，那蒸汽车头沿路轨散飞的火花就像一串珍珠勇往直前。另一串珍珠是盘绕在起伏山腰连绵不断的汽车长龙，带有帽盖的车灯（驾驶员都会为汽车前大灯加个盖帽，灯光只能照明地面，防止灯光射向天空敌机偷看）挨着地面闪闪发亮，柔和的灯光像一粒粒连串成光亮的夜明珠，这从大后方直连前沿战壕的珠链子在辽阔的天际构成一幅美妙的画卷。在美军眼里能允

一粒粒车灯连串成光亮的夜明珠

许这明珠串联吗？当然不许，于是这个炮、那个弹白天轰，夜间炸，企图把明珠穿成的条条项链炸断、灭绝。

《孙子兵法》有言："兵者，诡道也。"其所提倡的欺骗战术不仅冷兵器时代广泛用过，现代战争也曾使用过。

这种办法就是在明珠链旁撒些鱼目，诱使敌机把鱼目当珍珠，消耗敌方炸药，减轻我方损失。制鱼目并不复杂，却能产生奇效。

鱼目之一：一班长灵机一动，觉得可以让躺在山沟里被敌机炸毁的汽车再立新功。班长和助手一商量，发现车大梁虽被炸成两截，但一只车灯和电瓶接上还能点亮，干脆来个废物利用吧。他俩用树枝把炸毁的车辆伪装好，故意在毁车前做出车行踪迹，然后点亮了灯，带上能带走的东西，搭上兄弟车队的车回连队汇报去了。连长问了详情，拍了拍班长肩膀说：没光荣就好！休息两天和你们排长回国接新车。次日，班长特回山沟再瞧瞧被毁的心爱的小嘎斯。小嘎斯已粉身碎骨，为国捐躯，数数附近有七八个炸弹坑。这小嘎斯不愧班长托付再立新功，报销了几架美机携带的弹药。

鱼目之二：夏季昼长夜短，在卸完物资回程途中，天已蒙蒙亮，必须找山沟伪装休息。奇怪，这常来伪装汽车的山沟今晚怎么成了转运站？囤积物资，建立仓库，高高堆砌的是几个战备物资垛，顶上还铺上一些破草袋、烂席片遮盖，再用些树枝伪装。是兵站仓库吗？更奇怪的是周围没找到一位守备的战士，走近一看、一掀、一摸，全是用石头、树枝等垒起来的垛子。哈！明白了，这是防空哨在附近的几座无人山沟里构建的假军用物资库。看来这假兵站不是久留之地，必须马上离开。趁天刚蒙蒙亮，还有点雾气，我又驱车几公里躲开这大型鱼目。约莫半个钟头后刚要入睡，忽听空中传来沉重的轰鸣声，"黑乌鸦"来了，旋即一阵狂轰滥炸，烟雾从头顶飘过。哈！敌机中计了，把这假垛当成是志愿军刚运来的粮食、物资库。敌机把草袋、烂席片炸得冒了火，我军却没有任何损失。

鱼目之三：又传来轰轰爆炸声，就在这一天凌晨，数枚炸弹落在离我休息驻地约一公里远、曾在前几天被敌机扫射、墙面上还留有斑驳弹痕的小村庄。如今，"老伤"未愈，"新伤"再添，残存的两座瓦片屋顶全部倒塌。好在前天被扫射，此村的朝鲜老少村民已经带上贵重物品逃离了该村，如此烟雾飘摇的被毁村庄是战友们使了诡计，故意在残留的炉灶里点燃几根木柴，使烟囱滚滚冒出浓烟，引诱敌机消耗弹药，转移对我栖息地的袭击。

鱼目之四：一次，传来一阵清脆的机关炮的声音，顺声一瞧，是敌机在打公路上的坏汽车。这飞机在空中转悠一圈回头再看汽车并未起火，于是俯冲下来又打了一梭子机关炮，汽车仍未起火，这时敌机大概打完了炮弹，抖抖翅膀飞走了。这一现象启发了小孟，何不将附近一台靠在公路边的破车重新用树枝伪装，还特别把碎玻璃放在破车前反射阳光，小孟等隐蔽在后山松树林里。十几分钟后，敌机中计了，照他们操作程序，兜圈、轰炸、扫射、抛弹，完成任务后扬长而去，一辆破车消耗了敌机几吨弹药。

鱼目之五：有一次看到防空哨不知从哪弄来些个破汽油桶放在小山沟里用石头堆砌的灶台上，汽油桶里盛上水，用干木柴点火烧水。入夜，敌机看到火光就马上扑过来，认定是我军在此住宿。等他们投下照明弹一看，只见"锅"里热气腾腾，断定是在做饭，于是轮番轰炸、扫射，炸得破汽油桶底朝天还不罢休，甚至把周围的树林都炸得一片狼藉。想必敌机飞行员会拍下照片喜滋滋地回去报功。

鱼目之六：那时候，漫山遍野的假目标确把敌人也搞晕了，可谓真真假假、虚虚实实，同敌机斗智，跟敌机玩"捉迷藏"。我运输部队也把敌机捉弄得真假难分，苦不堪言。我们的车辆不仅在夜间行驶，而且有时白天在防空哨所的配合下，也开车行进。如果说敌机是毒蛇，那么汽车部队负责引蛇出洞，高炮部队负责打蛇七寸！与汽车部队紧密协作，跟敌机打游击。

大批假目标的设置，是惩治敌机的一种极其有效的方法，把志愿军在国际战场上的战术水平发挥到了极致。志愿军后勤部洪学智司令员高兴地说：让他们炸，他们每撂下一枚200磅或300磅的炸弹，就等于避免了我们一批战斗人员的伤亡。

　　我军接连取得第一、二、三次战役胜利，直驱 200 多公里占领了汉城，逼敌由鸭绿江边退至"三八线"以南。我后勤运输线拉长，军用物资供应不上，许多部队饥寒交迫，面临严重困难。后据美军情报部门分析：在"三八线"附近与"联合国军"作战的大约有 60 个师的中朝军队，平均每天需要 2400 吨物资。以每辆卡车载重两吨计算，志愿军后勤部门仅运送一天的补给就需要约 1200 辆卡车。从鸭绿江到"三八线"往返需 10 天，以单程 5 天计算，需要 6000 以上的辆次。即便是运力较大的火车，每天也要有 120 节车皮。美军利用武器先进、空中优势，将朝鲜北部地区的公路、铁路以及桥梁、涵洞彻底破坏，切断我军后勤运输线，企图用绳子将志愿军勒死、绞死。这就是美军实施的"绞杀战"，又叫"窒息战""破坏战"。

　　为了瘫痪我方交通运输，美军集中强大的空中力量反复轰炸我方交通线上的平原地区、咽喉地段。记得当时我冒着生命危险送到前线一车压缩饼干，据帮忙卸车的前线战友讲，每位战士还分不到一块，往往以野草充饥，情况十分严重。二线部队存粮也不多，要二线的各军、兵站、医院等机关节粮支援一线，我汽车部队也属于二线部队，更体会到身上的担子千斤重。

　　情况确是这样！志愿军入朝初期，既无空军参战，又缺乏对空防御武器与防空经验。敌机在潜伏特务配合下，肆无忌惮地狂轰滥炸，炸弹类型有重磅弹、制导弹、定时弹、子母弹、汽油弹、燃烧弹、细菌弹、照明弹、增雨弹、玩具弹（丢下是钢笔、玩具，但一拿起来扭动就爆炸）等。敌机低空扫射，白天钻山沟，夜间找灯光，猖狂至极。由于敌机的轰炸破坏，汽车驾驶员又缺乏夜间闭灯行驶的经验，时值严冬，雪深路滑，自身的粮弹供应也因运输线延长而日趋紧张。此时又值朝鲜雨季，山洪四溢，多处道路桥梁被冲毁。美军趁朝鲜北部发生特大洪水之际，大规模地破坏铁路和公路，清川江和大宁江上的铁路、公路桥梁破坏特别严重。夜间在小平原公路上空飞来 5 架敌机，1 架专在高空投照明弹，4 架"吊死鬼"在照明弹光照下低空飞行，搜寻目标跟踪追击扫射和轰炸，妄图摧毁每条公路上的每一

火车运来的物资直接换装汽车

辆卡车和每一座桥梁。有的公路两侧均是水田，有的路段路基较高，被破坏后修复困难。白天敌机轰炸时间由定时改为不定时，我军难以掌握其出动规律，以致 24 小时都得及时抢修。夜间照明弹的封锁是从擦黑一直到天空露出鱼肚白，从而达到彻底中断志愿军交通运输之目的。每当深夜我们空车到隧道口从火车车皮装载作战物资，这三条铁路交会的"三角地区"是敌机要卡住的咽喉，它是南北、东西铁路的中枢，致使我后勤供应到了命悬一线的地步。

我后勤的这一弱点被敌人捕捉到了。无论铁路、公路运输效率都极低，人员和车辆损失极大，后据了解：志愿军入朝头 20 天有汽车 1300 辆，被美机炸毁一半。在不断补充新车和驾驶员的头七个半月内损失汽车 3000 多辆，平均每月 400 多辆，我连入朝第一趟从鸭绿江边新义州跑了 3 天到"三八线"，车辆损失接近一半。运输跟不上，前线部队挨饿受冻，影响了战役的组织与实施。即便志愿军的汽车躲过了飞机投下的炸弹，也难逃小小四角钉的暗算。总之，就是不让汽车顺利地开到前线去。1952 年朝鲜暴发 40 年未遇的大洪灾。我连必经的后勤物资集散地三登也是水泽一片，一些囤积军需物资的兵站被淹没，粮食、弹药、装备被水浸或被冲走。美军对这一蜂腰状的狭窄地段不分昼夜地采用"饱和轰炸"，我连在这一带被毁车辆达 10 多台，战友们称此地为"死亡谷"。以后陆续听说：敌机除破坏交通运输线外，还丧心病狂将轰炸重点转向矿区、工厂、农业设施等，破坏朝鲜北部的水力发电系统、水利

灌溉系统，对鸭绿江上的拉古哨（水丰）发电站和朝鲜境内的水丰、长津、咸兴等火力和水力发电站同时进行轰炸。这种毁灭性轰炸看似疯狂，但是吓不倒朝鲜人民和志愿军战士。开始，他们以为炸坏火车站就可以使铁路运输瘫痪，当他们发现所有车站站台被炸成瓦砾，火车却照样开，接着轰炸大桥，虽反复炸毁，运输也没中断。敌机又转而轰炸铁路隧道，火车还是朝前开。

"绞杀战"初期，我们没有制空权也没有防空武器，处处处于挨炸地位，唯一能利用的是夜间运输，但夜间行车的最大问题就是汽车难以开灯行驶。若闭灯开车，不仅速度慢，还容易发生撞车、翻车、堵车等事故。为了解决这一难题，志愿军联合司令部到现场摸清情况，结合运输一线战士亲身经验，一个新军种——防空哨兵应运而生。他们提出了建成"打不断、炸不烂"的钢铁运输线的战斗口号，抽调几个师8000多名战士在2500多公里的干线上，每隔一定距离设置了夜间对空监视哨兵岗，每岗3人，日夜坚守。当时汽车兵赞扬防空哨兵："防空哨，好兄弟，及时预报敌机到，安全开车奔前方，你们功劳顶呱呱。"当时美军最先进的飞机还是亚音速。当敌机临近前，在一定距离就会传来轰鸣声，在哨位上执勤的战士听到声音后立即朝来车方向天空鸣枪，枪声和出膛的火光警示所有正在行驶的汽车立即关灯，使敌机找不着目标。待敌机飞过后，防空哨兵就举起绿色小旗、吹响哨子或敲打挂在旁边树杈上的炮弹皮，向过往汽车发出解除警报信号，汽车再开灯行驶。办法虽土，但大大降低了汽车兵的伤亡率，运输效率也得到提高。有一次我们的车就停在防空哨旁，与哨兵闲聊中，了解到在零下30多摄氏度的严冬，他们不能放下帽耳，必须细心倾听敌机的声音，耳朵都冻僵了。他们的双耳能辨别汽车和飞机的不同声音和敌机的类型，是侦察机还是轰炸机，是找目标的还是路过的以及活动规律及危害程度，准确掌握鸣枪报警时机。做到有飞机无汽车不打枪，有飞机汽车没开灯也不打枪。我们的防空哨兵还担负修路、拆弹、制造假目标迷惑敌机和供应泉水等任务。资料显示，防空哨兵曾用步枪击落击伤多架美机。但伴随着的是防空哨也常被敌机袭击，被炸弹掀翻，他们和汽车兵一样，用血肉筑成新的长城。

这场战争是不对称的战争，双方的武器、弹药、后勤不是一个档次，美军打的是现代立体战争，我们打的是单一的陆地战争。我们被动地采取密切防空、及时抢修、加强隐蔽、大力疏散、严密伪装等防护手段，并充分集思广益，群策群力，创造了包括组建防空哨、修迁回路、随炸随修、活动桥梁、排架填坑，多点装卸、分散储存、分段倒运、"顶牛过江"（在紧急

汽车部队夜间行驶

抢修不负重压的桥梁地段，以机车将车皮顶过桥，再用桥对面的机车牵引向前）、水下暗桥、爬行便桥、横扫角钉、抢装抢卸等方法。在抗美援朝战争最困难时期，祖国人民踊跃参加捐献飞机大炮运动，我运输部队伤亡率大幅下降，汽车运输能力比 1951 年下半年提高了 70% 左右。汽车损坏率 1952 年第一季度降到 2.3%，第二季度降至 1.7%。逐步改善了一线战士作战的基本需要，前线开始有了粮弹储备。1953 年金城反击战，前线大炮齐发，一次 40 分钟的火力急袭，即消耗弹药 1900 余吨，折合汽车运力达 800 余台次。粮食储备可供参战部队食用八个半月，弹药储备达 12.3 万余吨。在板门店外国记者看到志愿军守卫战士的全副武装，不禁十分惊讶，这就是美军常吹嘘切断共军运输线的战果吗？

一场历时 10 个月（1951 年 8 月—1952 年 6 月）的轰炸与反轰炸、破坏与抢修、"绞杀战"与反"绞杀战"的战斗，最后以美军失败而告终。

2000 年志愿军入朝 50 周年回忆

奇形怪状的桥

朝鲜是一个山多、水多、河多的国家，山脉、深谷、高原、平地、海岸等形成了复杂又美丽的地貌。70年前一场不对称的战争就是利用这特有的地形进行了一场特殊的较量。

山多、水多、河多，必然造就各种铁路桥、各式公路桥、各样小型便桥多，一夜，车行百多公里就要过大桥、小桥、便桥10多座。江河纵横，美军仗着其空中优势，几乎把朝鲜的所有桥都炸断、炸瘫，给我军行动造成了巨大的障碍。鸭绿江上几座铁路钢筋大桥、公路混凝土大桥都被美机炸得体无完肤、伤痕累累。公路干线上的桥梁白天被炸了，晚上刚修好，第二天又被炸毁。这战争的血管——钢铁运输线是堵塞还是畅通，成了美机与我桥梁工兵的拉锯战。

当时，在鸭绿江上有安东、长甸河口、辑安三座大桥连接战火纷飞的朝鲜，是中朝两国的主要通道。记得我连入朝车队是从安东刚修好的铁路公路平行的两用鸭绿江大桥驶向江南的新义州，大桥右边那座被毁的旧钢架斜靠在半截桥墩上，记载着美机的罪证。而头次回国接新车再入朝，曾行驶在敌人难以发现的低于水面架设的水底桥上，这是我工兵建桥部队的一大发明。是哪条江的水底桥已记不清了，只记得在离铁路桥下游约一公里远的水位较浅的江面处铺设了一条两部车可以并排开过的水下公路，可清晰地看清路基是石条垫在江底，低于水面三四十厘米，既能保证人、车通行，也顺带冲洗沿途带泥沙的车辆，又不会被敌机发现。这300多米的水下公路，稳固地隐藏在微波轻流的江水中。这可是我军创造，它保证了千军万马顺利通过，我们称它为"隐形桥"，在适合的江面见过多座。

也见过一些"迷魂桥"。天黑后保证这桥畅通，然而天亮前必须把铺在钢筋混凝土大桥上的桥板拆掉一部分，将被敌机炸断的废桥乱七八糟随意摆放在已修复的桥面上，再用少许汽油烧得冒黑烟，把大桥伪装成早已断裂、焦烟熏天。果然，每批敌机在空中飞过几圈，发现是座断桥废桥，还在冒火，四处也空无一人，就心无疑窦而去。这样，夜里桥恢复通车，源源不断的支前物资照样神速过江，起到欺骗、迷惑敌机的作用，敌机吃了我们的迷魂汤。

　　1952 年春，为配合停战谈判，我军转入狙击活动，祖国比较先进的架桥器材也陆续在朝鲜战场上得到运用。之前夜行时我就见过一些特种舟桥车载着现代化的制式舟桥构件，在夜色苍茫中开抵江边，开始我们还不知道这是什么新式武器，又大又尖。直到有一天，我们乘大雾还未散尽加油急驶，开了一夜车，江边垒搭积木架似的临时大桥按井字形已搭建几米高，早被敌机炸塌，按守桥战士手握小红旗指示，在沿江临时铺的砂石路上游一段地形较隐蔽、水流较缓处选择有利地形，我舟桥战士早在江面架设了一座浮动桥。按理，舟桥战士们在拂晓前要将浮动桥拆开，分节疏散隐蔽在沿江各处，一

浮桥行车

到黄昏就立即出动，迅速合龙联结成浮桥。这种像儿童积木一样的"变形桥"在朝鲜战场上得到广泛使用，像变戏法一样，天黑后一座浮桥就在眼前，天亮前此桥又无影无踪。

　　这天有雾，他们估计汽车兵会加时运物资，拆桥相应推到雾快散前，此时工兵战士已纷纷跳入水中准备拆桥，发现江北又开来十来部车，不得不推迟拆桥。当我车队一驶过桥，浸泡在冰凉水中的战士们便迅速拆桥。据讲他们拆桥只要十几分钟，200 多米宽的江面架桥速度也不过 20 多分钟。车过了浮桥，守桥战士向我们招手，示意我们拿出水壶，要给我们灌满一壶热姜水。

路旁一桶热气腾腾的生姜水，还有几箱白酒，那是给泡在初春冰块开化不久的江中冻僵的舟桥战士暖身之用，我们哪好意思接受，于是把手伸出车窗外摆摆说："可麻司密达。"（朝语：谢谢的意思）

为适应战场因地制宜的情况，我车还驶过"单轨桥"。那是敌机轰炸我交通要道时，常用500磅甚至1吨重的重磅炸弹轰炸我搓板似的本来就高低不平的公路。这重磅炸弹一炸就在公路上出现一个8米多深、直径达10多米的大坑，顿时坑里渗出水就变成一个大水坑。汽车晚上行驶，以为是水坑，正想涉水而过，一不注意就栽进去了。要填平这样的弹坑需要很多土石方。一个弹坑，百十号人，要填很长时间，常常是这边还没填好，那边又出现了新的大坑。敌人虽然狡猾，但我工兵部队总是可以想出对付敌机破坏的办法。工兵兄弟们创造出架设单轨桥的新办法，就是将弹坑边缘的一侧稍加平整作为一半路面，另在弹坑中架起一条可供汽车单轮通过的简易桥。这种单轨桥更省工、省时、省料，开车过去汽车只需一只轮子压在弹坑边缘上，另一只压在单轨桥上，照样迅速稳当地跨过敌人布下的"陷阱"。我们的先行兵，工兵部队、舟桥部队当之无愧。

中国周边计划新建几座桥时的联想

2019年6月13日

　　朝鲜战场上，我方所有的公路、铁路、桥梁、隧道以及各种建筑都是美军飞机的攻击目标。我军没有制空权，敌机白天见到能动的小狗、鸡鸭也会追击扫射，夜间见到光亮、星火更是狂轰滥炸。当时的通信手段非常落后，前面的车辆遭到敌机空袭时，后续的运输车辆毫不知情，依然继续行进。特别是到了晚上，美军发射照明弹往空中一挂，我军行进中的车辆无法隐蔽，任凭敌机炸毁，我军车辆物资损失惨重。中国人民志愿军司令员彭德怀有一次发回国内的电报仅六个字："饥无食，寒无衣。"说明当时供应前线的军需物资极其困难。我运输汽车向前线运送弹药、食物，三天就损失 400 辆汽车，所以每次我军需物资到达前线的能有 60% 左右就不错了。虽然驾驶员们从汽车跨过鸭绿江那天起就将生死置之度外，但个人的献身并不能保证物资能送上前线。我汽车部队开展了以"爱伤员、爱物资、爱车辆"的"三爱运动"和争当"万里号红旗手"运动，但要建设一条敌人在"天上挂灯，路上撒钉，地下炸坑"恶劣环境下的钢铁运输线，还是摆在部队面前的一块大石头。

　　早期搬掉石头的办法是加强对空警戒，及时向运动中的车队提供信息，美机空袭时迅速利用树林、矿洞、隧道、掩体等进行隐蔽。但也难逃敌机的毁坏，因为汽车驾驶员听到敌机轰鸣时往往敌机已经临头了，看到敌机时敌炸弹已丢下来了。如何及早提供信息，改变这一不利局面，快速通报敌机临空是一个重大课题。我军开始利用敌机扔下来的炸弹弹壳，将它挂在预制架上，像寺庙里敲钟一样敲击弹壳。敲击的"弹壳钟"虽有效，但是钟声传递速度慢、音量差、距离短，我们汽车驾驶员往往听不见。后来我军开始采用步枪鸣枪声传递敌情。在运输干线上增设对空观察哨，专门监视敌机活动。步枪传递的优势在于速度快、声音响，志愿军后勤部迅速调入 9 个团共 2 万人的兵力组成新的观察哨（统称防空哨）兵种，散布在 2800 多公里的交通干线上。他们在高度分散的运输线上执勤，根据地形、要道和敌机破坏的主次目标，每隔 3 ～ 4 华里设一防空哨所，每班十来位战士日夜值班负责两个哨所。共设置了 1568 个哨所，形成了一支没有大炮、高射炮，只有步枪向天空鸣枪报警的防空专业大军。从"三八线"传递到鸭绿江，10 分钟之内通过鸣枪即可把敌机来袭路线传递完毕，战线拉得很长。汽车兵每天与敌机捉迷藏，防空哨兵每天鸣枪传声，弄得敌空军奈何不了我们。

这是在此特定环境下才能产生的特殊兵种，当时再好的敌机飞行速度也低于音速，且雷达还没广泛用于军事。我防空哨兵两耳就是雷达，双眼就是望远镜，一旦听到远处敌机哀叫声或看到敌机有时开启航行灯（飞机两个机翼翼尖和机尾的三色灯）就瞬间朝天鸣枪。这种鸣枪像接力棒接连不断传下来，当最前沿的防空哨听到敌机声就朝天鸣枪，第二防空哨听到枪声接连鸣枪，汽车驾驶员听到枪声，马上闭灯使敌机抓瞎。哨兵兄弟从战争中学习战争，他们耳朵能辨别汽车和飞机的声音，甚至能通过声音分清敌机的类型，从而掌握鸣枪的最佳时间，做到有敌机没汽车不鸣枪，有敌机汽车没开灯也不鸣枪，敌轰炸机飞速慢就晚点鸣枪，让汽车兵兄弟多点时间开灯快跑。只有敌机来临，驾驶员听不见还开灯急驶才向来车上空鸣枪，用枪声和子弹出膛的火光告诫驾驶员赶快闭灯。在绞丝般的盘山间敌机将要临空又看不清我地面汽车，为防误判也要鸣枪提醒。待敌机飞走后，就用吹哨子、摇绿旗或敲挂在支架上的炮弹壳、炸弹壳解除警报。

这一防空哨建立后，车辆损失明显减少，由开始时车辆损失率 40% 下降到百分之零点几，运输效率也很快得到提高，这一奇效，连美军也不可理解。我汽车三团和兄弟汽车团陆续参加了以"三八线"为界的拉锯战、上甘岭战役、金城反击战、马良山战役等战斗。金城反击战时由于粮弹充足，储备弹药 12.3 万余吨，粮食储备将近 25 万吨，可供前方部队食用八个半月。前线在 40 分钟的火力急袭中就消耗了 1900 余吨炮弹的存量，坑道里的战士高喊："祖国万岁！后勤万岁！"前线战友把汽车兵抬高举起高呼："汽车兵万岁！胜利万岁！"三团出现了一等功臣许景春等英雄驾驶员和全军特等功臣五连驾驶员陈佑甫。这功劳有一半应归功于防空哨兵。

讲到防空哨，不得不插上汽车兵和防空兵的对话。防空枪一响，意味着敌机就要来了，往往大灯开车开得好好的，突然要关灯，眼前一片漆黑，不能适应。因此汽车兵往往不理会照样开大灯，最多关大灯开小灯，防空兵再警告就朝车头顶开枪，这枪声不仅特响还可看到子弹出膛的枪火特亮而刺眼。有的司机关灯停车，有的司机照样开灯开车，车过防空哨前，防空兵第一句："你找死啊！"汽车兵回一句："你怕死呀！"防空兵第二句："死要光荣！"汽车兵第四句："快跑！"这类三句半，是战友间的幽默，也是相互关心与鼓励。

我们用劣势装备战胜优势装备的敌人，这是充分依靠群众，发挥群众创造力的结果。许多既简单实用又充满想象力的做法中都闪烁着战士的智慧，也为战争中后勤保障的重要性积累了宝贵的思路。

在这样的战争环境中，防空哨里发生了很多可歌可泣的故事：有一位营长勇救朝鲜人民军副总参谋长李相朝，荣立一等功，荣获三级国旗勋章；防空哨战士们在公路上排除大量定时炸弹、蝴蝶弹以及各种杀伤弹，荣立战功与奖章。我因在战斗中不怕牺牲，荣立三等功，荣获朝鲜人民军总参谋部颁发的军功章一枚。1953 年 2 月的一天，阳光灿烂，虽然春寒料峭但是能感受到一丝丝暖意。我走进驻地附近的苹果园，发现有许多又大又新鲜的野菜，于是开始挖野菜。上午 9 时左右，东南方向飞来两架美国战斗机，我想不过是在挖野菜，敌机应该不会将自己作为目标。出乎意料的事情来了，两架飞机朝着我扑过来开始扫射。我无处躲藏，只能就近寻找掩护，敌机对着我来回扫射了五轮才罢休，我逃过一劫。

防空哨兵是司机们的好朋友，在敌机活动频繁的重要运输线上，设置防空哨兵，担任对空警戒、指挥车辆、充当向导、维护道路、收容掉队人员、盘查可疑行人、抓特务以及抢救遇险车辆、伤员、物资等任务。时间一长，汽车兵和各运输线上的哨兵都熟了。由于他们掌握了敌机活动规律，熟悉当地环境、地形、道路等情况，所以，司机都非常信赖他们。常常听到这样的对话："老美的飞机怎么样？""开大灯跑吧，有了，听我的枪声，看我手中的小红旗。""好！谢谢！"

1950 年 9 月下旬朝鲜前线战情告紧，我国迅速组成中国人民志愿军入朝参战。在极短时间内部队的夏服也来不及换成冬装，就于 1950 年 10 月 19 日跨过鸭绿江出国作战。所需一切战争物资几乎全部要靠国内统筹供应，给养、粮食也不例外。

在朝鲜战争之前，解放军没有制式野战食品。跟抗日战争和解放战争时期那样，战士们所需的武器、弹药、给养、被服主要靠自身携带。入朝时每人还得背一个干粮袋，袋装 8～10 斤的两米（高粱米、苞谷米）或两豆（黄豆、土豆）。这个不起眼的干粮袋至关重要，在后勤补给严重不足的情况下，志愿军只能靠这个口袋里的干粮维持生命。背上干粮袋再靠两条腿追击、冲锋、抢制高点，艰苦程度可想而知。

背上干粮袋，分发给战士

传统的一日三餐吃热食在朝鲜根本不可能，在高寒地区挖灶筑台、埋锅烧饭不仅耗时，还常常夹生或蹿烟。我军没有制空权，生火曝光，易被敌炸，只好夜行昼伏，白天隐蔽防空，有粮食也难以点火做饭，有时只好生嚼高粱米，生吞苞谷米，虽涩口难吃，但与冰雪河水掺和着咽下肚就能维持生命。几天下来，战士随身携带的干粮就剩下不多了。第四次战役的 40 多天里，给养就是靠炒面，吃的是炒面，喝的是雪水，这就是大家耳熟能详的"志愿军的一把炒面一把雪"的来

东北军区后勤部忙于炒面

历，炒面解决了志愿军的燃眉之急。

战争打的就是后勤，各级领导和中央高度重视后勤保障工作，深知迫在眉睫的是提供一种富有营养、食用方便的食品。东北军区后勤部马上试着以东北主粮为主，将70%小麦，30%大豆、玉米或高粱经炒熟、磨碎、混合后，再加入0.5%的食盐，制成一批易于保存、运输和食用的野战方便食品——炒面。到1950年11月7日，第二次战役开始，我汽车团多次以抢运炒面为主，但也不是一帆风顺。记得1951年开春，敌机向我三登库区投掷大量燃烧弹，一次就烧毁了生熟粮食数百万斤、豆油几十万斤和大量其他物资。后方供应的物资30%～40%在途中被炸毁，使得志愿军的粮食问题更是雪上加霜。前线战士为了保存战斗实力，断断续续补充的炒面绝不能轻易吃光，少许炒面加上自挖的野菜掺和着吃，没炒面掺和后只得挖野菜——扫帚苗、苦苣菜、灰菜、桔梗（朝语发音 dolaji，我们就顺口叫拖拉机）和其他一些不知名的野菜充饥。管他什么野菜，只要能塞满肚子就好冲锋陷阵，消灭敌人。

话说炒面，可不是现在小吃摊上有油有肉有葱花的肉丝炒面，喷香诱人。这种野战粮食"炒面"应叫"炒面粉"更恰当些。它炒得干燥，易于运输、储存和食用。首批样品运到前线后，因它既可避免做饭的炊烟暴露目标，还可隐蔽行踪，很受指战员的欢迎。一条干粮袋能放10斤左右的炒面，可满足一个战士5～7天的生活需要，是志愿军的家常便饭，成了行军时战士必背的炒面袋。大家吃炒面的方法也各有特色，有的人把山上积雪舀在搪瓷缸子里，加上炒面，搅拌而食；有的一把炒面一把雪同时吃；有的把积雪攥成一个拳头大小的雪球，先吃一口雪团把口腔湿润了，再吃炒面自然也就不干口好咽了；还有一种最有特色的吃法，就是把炒面和雪攥合在一起做成较大的雪球，装在棉衣外边的口袋里，这样既不会融化，也不会冻得过硬，行军走路时吃起来特别方便，战士们美其名曰"什锦饭团"。炒面伴随着战士们浴血奋战，战士们感激炒面解决了大困难，甚至喊出了"为炒面请功"的口号。

炒面成为我志愿军的标准单兵口粮后，志愿军战士长期食用，又没有其他副食品，带来了一些新的问题。炒面炒制过程中对维生素破坏极大，所以，志愿军中夜盲症十分严重。志愿军如果成了"睁眼瞎"，将会带来灾难性的后果。后来从朝鲜老百姓中得到了两个治疗夜盲眼的土法子：一个是熬松针水喝，一个是生吃小蝌蚪。由于采用了这两个偏方，再加上我们的食品供应不断改善，战士们的夜盲眼很快就得到了治愈。但炒面遇上高温和潮湿容易发霉变质，它的营养成分也过于简单。高粱面口感涩且苦，长期食用不仅倒胃口、烧心，而且易上火、肚子胀，还会带来牙龈出血、口角炎、唇裂、干眼病等多种病症，影响战士们的体力和战斗力。

祖国是志愿军的坚强后盾，后来，炒面的质量又有提高，新加了大米、白砂糖、芝麻。这种最简单、最原始的"军用食品"，帮助志愿军解决了运动战过程中给养保障的大困难。炒面可是我军历史上最早的制式野战食品，是我军单兵口粮的鼻祖。

在1951年秋季防御作战后，我军全线开展构筑坑道工事，我汽车五连除运输弹药、被服等物资外，食品也以运送压缩饼干代替运送炒面。压缩饼干，这类战争初期想都别想的好东西是由熟面粉、熟豆粉、花生米、蛋黄粉、干枣粉、胡萝卜粉、砂糖、精盐和植物油等用机械压缩成块状而成，是我军第二代野战食品。它是针对炒面不足的加强食品，闻着有油香味，来自城市的战士管它叫"咖啡"，但比咖啡硬，一般的牙齿还咬不动，汽车兵就用榔头敲碎吃。据前线战士讲，一些性急的战士咬"咖啡"甚至硌掉牙齿，因此它又有个"铁饼干"的外号。但在野战医院压缩饼干还是受伤病员欢迎的，战地护士先用开水把压缩饼干泡开，搅动、溶解成饮料，这是伤病员享受到的最高待遇，也是他们一生难忘的"丰盛"美餐。

1952年下半年志愿军物资供应全面好转，战士吃饱穿暖已无问题，冻猪、牛、羊肉，海产、干菜、大白菜也能不断供应，还研制生产了罐头食品。到1953年，战士吃上肉类和蔬菜水果已不是奢望了。转入阵地战后，各单位组织副业生产，各部队利用战斗间隙种植蔬菜，做豆腐，加上散烟遮光灶的推广使敌机难发现做饭的火光，前线部队基本都能保证有热饭菜和开水。到了1953年春，除前沿少数执勤人员外，指战员们早餐还有油条豆浆，每餐做到两菜一汤。这些在和平年代很容易满足的小事，在战争年代都是大事。

炒面，这单兵口粮的鼻祖，是志愿军战士不会忘掉的光荣记忆。当时吃炒面的战士说："我在这里吃雪，正是为了我们祖国的人民不吃雪；我在这里蹲防空洞，祖国的人民就可以不蹲防空洞。"上过朝鲜战场的老兵，体验过那种艰辛的生活，才知道今天的美好和平生活来之不易，倍加珍惜。

2015 年战友聚餐时回忆

一夜的雨忽大忽小，透过雨帘朝远处一扫，朝鲜这遍野的原始森林不见了，取而代之的是焦头烂额的树茬子，有砍头的，有拦腰的，有拔根的，参差不齐，这都是美军的杰作。

8月的雨季，我驾驶超载的嘎斯-51在布满弹坑的搓板路上，随着大车流颠颠簸簸、摇摇晃晃地开到清川江边，我发现大前天刚走过的一条只能单行的便桥白天被敌机炸毁了。年轻的工程兵在雨里不停抢修，美军飞机不敢雨战、夜战，这可是我们发挥最大优势的时候。

清川江是一条几百米宽、数丈深的横贯南北的河流，是从国内转运物资的必过之江。那里地势狭窄，全靠铁路桥、公路桥及码头渡口连接南北通道。清川江有2座铁路桥、5座公路桥，但我们最熟悉且一直跑的就是地处球场的这座公路桥。江边传来消息说：由于缺少桥梁主架，今晚怕修不好，请汽车兵同志另行其他桥梁。无奈，急不得也等不得，车辆纷纷掉头跟进。

清川江上游20多公里有座熙川公路桥，但得绕一大圈。这夜的雨好像下得也累了，等我们赶到熙川，忽大忽小的雨也休息去了。往日浪拍千石的江面上有一座浮桥横躺在两岸，桥上桥下有数不清的光着膀子的战士在尽心尽力地维护和修补浮桥。

总算赶到浮桥边。前面一台缴获的十轮大卡车刚上桥头，咔嚓一声，浮桥的粗缆绳断了，漂浮的空汽油桶像脱缰的野马奔开了。十轮大卡车前轮插入江中，所幸岸坡没陡没掉进江里，只是斜歪在通道上。后面赶来一辆小吉普也过不了江，只见吉普车上下来一位高个子，后面紧跟带有驳壳枪的小战士，一看就是一位首长。

这位首长疾步走到江边，一些跌入江中的战士划动双手朝岸边游，江中一抱着大树杈的小战士在水中挣扎，岸边的战友纷纷采用不同方式抢救落水的战友。首长个子高，力气大，一转身从身后夺下也不知谁拿来的长树干，三步并作两步，前脚踏进水滩将树干递给小战士。赤膊的小战士被首长拉上了岸。朝鲜虽是夏季并不感觉炎热，小战士受惊加上受凉，直打哆嗦。后面送上一杯热姜末水，首长也赶忙脱下外衣给小战士披上，这情景感动了周围的同志。首长拍了拍一个战士的肩膀问："你们是哪部分的啊？" 10多人围了上来，我也挤进去看。

首长询问：浮桥所需器材能保证吗？这条江面架桥和拆桥各要多少时间？每夜能通过多少车辆？大型炮车、坦克能否通过？白天怎样分散伪装？是否备有白酒？当一一得到围上来的战士抢答后，首长满意地笑了，走到江边一块石头上挺直腰板大声说：同志们，你们辛苦了，我代表志后（志愿军后勤司令部），代表彭德怀司令员向你们问候！（大意）话还没说完，同志们就鼓掌了。还在江中抢修浮桥的战士也都齐眼转向岸上，我想这首长一定是司令部大领导，忙去找那位挎驳壳枪的小战士，拉拉他的军衣角问："这首长是谁？"哈！洪学智司令员！他可是我们志愿军后勤司令部的司令员，是我们汽车兵顶头的直接领导。洪司令员继续讲了钢铁运输线在现代战争中的重要性，要我们在战争中学习战争，在后勤中学习后勤，在架桥中学习架桥……建桥的战士都陆续跳进江水修桥去了，连续跟来的汽车兵聚集在江边越来越多，洪司令员也坐在石头上和战士们闲聊，志愿军战士们大胆地提问：美军会投降吗？什么时候能把美军打趴？祖国捐献的飞机什么时候能揍下美国的飞机呀？

三个多小时过去了，前面第一部车上桥开过去了。洪司令员乘坐的小吉普也过去了，当我把车开到浮桥头，只见十轮大卡车还是斜歪在新桥头的左侧。再见！英雄的桥梁战友！

2018 年读《洪学智回忆录》有感

战斗虫

严冬初春，日短夜长，从天抹黑到发白，十几个小时的黑夜，正是我汽车兵抢时间夜行军的大好时机。敌机在头上嗡嗡叫，照明弹在天空飘呀飘，此起彼伏的爆炸声，汽车兵已司空见惯、见怪不怪了。一夜的紧张、疲劳，天亮前还得把车伪装好检修好，糊弄地塞饱肚子，倒头就睡。好几个月也没想到洗脸、换衣，入朝时穿上的白略带黄的新衬衣汗渍味难闻，已是黄里带黑，外套的棉军服更是灰蒙蒙、油滋滋的。

最近全身老感觉有点痒痒的，特别是一夜的辛劳后，眼皮一直想关闭，很快听到战友的呼噜声，我反而痒得难受，只好起身披上棉衣坐在草垫上抓痒，找根粗点的稻秆当抓杆在背上蹭啊蹭。背上舒服点，痒点就转到手臂处，一抓就是一道血印。后来发现我那汗渍渍的衬衣缝里有芝麻大小的褐色点，我以为是抓痒留下的血痂，把它弄到手上一看，啊！这血痂会动！我好像发现奇迹似的，想探个明白，就再仔细找，不找不知道，一找一大把。仔细观察，发现这是一种不知名的小虫。睡在旁边的战友小王大概也被这小虫咬醒了，瞪眼看了看我，翻身又睡过去了。我像报喜似的捏只小虫，推醒小王说："我抓到一个敌人。"小王眼都没睁地说："别白日做梦，困死了。睡觉！"我又推了一下小王："真的，你看！"这位老兵睁眼看了看我手掌上的小虫说："你指的敌人是它？这是虱子，叫战斗虫。"啊！多好听的名字呀！原来每次战争忙得不能换洗衣服时，它总会跟我们一起战斗，是偷藏在身上的敌人。

从此，我每天临睡前养成了捉虱子的习惯，捉住后用两只手的大拇指指甲盖用力一挤，嘎嘣一声，虱子血有时还会溅到脸上。有一天我一下子捉了30多个战斗虫，还摸索出消灭小珍珠般的虱子蛋的办法——把裤子脱下，用左手把裤腿拉直，两个膝盖夹紧裤角，在昏暗的汽油灯下，腾出右手大拇指甲盖顺着裤缝向下推，虱子蛋就像下冰珠似的掉进汽油灯及其周围。限于当时的条件，战友们除用拇指挤压消灭战斗虫外，还把内衣裤直接放到烘烤炉子烟筒的弯头上，衣裤上的战斗虫一遇热就被烤死了。也有人把换下的内衣在河里洗在太阳下晒，虽有晒死的，但漏网的也不少。

1951 年底我高炮发威了，空军出击了，战场形势越来越好，有虱子的衣服可用开水煮。司务长还特地请修理班沿路找到一台被毁的汽车拖斗，焊补整修一番变成一个铁制长方形大水池，架在铁柱上，下用柴火烧热，从农村参军的战友说："这像是农村杀猪烫猪毛的热水锅。"一位脱光衣服的小战士回头顶了一句："你才是猪。"就弯腰摸摸洗澡水，觉得水温还可以，刚踏进脚又收回来，原来池底的铁板还有点烫，烧火的赶忙减柴收火，司务长又加了一桶冷水。小战士进池洗澡了，一个又一个，一下挤进去五个，戏水、打闹，相互搓身、擦背。别看这只能容纳五人的大水池，一个冬季"生意"兴隆，这可忙坏了那位烧火工，捡树叶、找树杈、劈树干、找柴源、换水、洗池，每天 24 小时要接待 10 多批小战友。他勤勤恳恳地在平凡的岗位上完成了极平凡的工作，连长为他申请了三等功。

以后也听团卫生队的军医说：虱子有体虱（俗称衣虱）、头虱和阴虱三种。战场上的女同志几个月没有热水洗澡也没洗头，那些长辫子正是头虱的躲藏窝，她们常在晒太阳时互相帮着对方捉虱子。后来祖国慰问团赴朝送给每位女同志一把篦子和一把梳子，女兵们终于可以好好地梳梳头了。

大浪淘沙

　　1950 年夏朝鲜战争爆发，坐落在鸭绿江西岸的安东市遭到美军飞机轰炸，炸死、炸伤 400 多人。进入秋季，我志愿军入朝发动第一次战役，就把所谓的"联合国军"从鸭绿江边赶回到清川江以南，获得初战胜利，赢得了祖国人民的欢呼。全国广大青年热烈响应祖国的召唤，保证了中国人民志愿军兵员的补充，为抗美援朝战争的胜利奠定了基础。

　　1950 年 12 月安东市青年无比愤怒，这愤怒迅速蔓延到整个东北地区，数十万青年义愤填膺，踊跃报名参军。辽宁省康平县张强乡佟家窝堡村、白尹窝堡村等数位青年经过严格的挑选，在祖国召唤的高潮中入伍。这批血气方刚的小伙子告别了祖辈生息的故土，告别了父母和亲朋，表示一定努力学习，刻苦训练，严守军纪，服从命令，争取早日成为一名让祖国满意、让人民放心的优秀战士。三个月后有三位新战士分配到汽车三团五连，他们是高文昌、李宝元、申望殷（化名）。

　　朝鲜战场上的汽车兵虽没在前线与敌人短兵相拼、刺刀见红，但在敌机狂轰滥炸、枪林弹雨下随时都有可能血肉横飞，身首分离。三位战士在抗美援朝的大浪中都经受了血与火的严格考验。战场上瞬息万变，在美空军全天候控制的朝鲜交通道路沿线上空，他们随时投下照明弹、燃烧弹、汽油弹，连绵不断的定时弹、开花弹、穿甲弹、深水弹等，敌机成天在空中狂叫，炮弹不断在周围爆炸。面对随时都可能负伤和流血、牺牲和死亡，才知道战士们到底是坚硬磐石、明亮沙子还是纸质灯笼、污泥浊水。

　　高文昌同志分配在四班，配合班长许树孝共开一辆车。许班长是参加过辽沈战役的老驾驶员，经验老到，技术熟练，为人热情，乐于助人。在解放战争时期驾驶缴获的国民党军队美式十轮卡车一直从东北驶到祖国南方边陲，战地前后培养出 5 名驾驶员、2 名副班长。高文昌一到四班就抢下副班长拎的两个水桶到河边打水，许班长看在眼里乐在心里，顿觉这小子是个肯干的好苗子。许班长原来的副驾驶已另开一辆新车，现在正好把小高留在身边。从此两人亲如兄弟，遇到前面大桥被毁，小高就先下河探路找出最好浅道（在战争条件下，所有大小桥边在旱季低水期都有临时涉水过河的便道），在水中指挥汽车安然过河。车到转运站，无论装货、卸货，小高都抢在前头。遇上大雾天、大平原，许班长与小高就转换座位，小高学驾驶，班长旁指导，一对好师徒，无缝好搭档，在战争中学习战争。一次眼见敌机扔下四颗炸弹，师徒俩眼疾手快，快速停车靠边，跳下车往两边水沟一滚。扔下的是四颗燃烧弹，只见前面几部嘎斯火海一片，其中有些装弹药的车不时地连环爆炸。敌机扔下这罪恶的火海扬长而去，能爬起来的战友眼见这熊熊大火却无力扑灭。当务之急是抢救伤员，身边没有急救包，小高就用力扯下没全湿的军上衣为前面左手流血的战友包扎。十来分钟后，前面几部返程车经过纷纷停下，重新用急救包为负伤战友包扎，浅埋牺牲战友。幸运的是许班长和高文昌开的小嘎斯运送大米，只燃烧没爆炸，加上动作麻利，除一点擦伤外全身完好无损，他们跟随返程车把素不相识的伤员送到野战医院后返回连部驻地。连长拍拍两人的肩膀说："人在阵地在，明天回国接新车，我们运输线不会被炸断。"

三天后，四班班长许树孝和老搭档高文昌开着新嘎斯又欢乐地奔驰在朝鲜钢铁运输线上。两人配合非常默契，这开的第二部车，他们小心翼翼，车厢左侧还特别安装了铁条，以免窄路相逢，急行错车时相互摩擦磨坏车厢。三冲敌机封锁线后，车至伊川大山小平原开阔地再冲封锁线，不幸中了敌机的俯冲机关炮，许树孝同志脑袋被炸毁，鲜血直喷，血染方向盘；高文昌肚皮被炸飞，身分几块。这惨景，生活在和平环境的人民想象不到。打扫战场后我们才恢复了正常人的知觉，发觉我们的器官还原封不动地留在身上。掩埋了两位烈士的遗体，军魂浪迹天涯，精神依然永存，生还者会继承烈士遗志，全力打造"打不断、炸不烂"的钢铁运输线。

李宝元同志分配在一班高永富的车上。小李个子不高，娃娃脸，逗人喜爱，言语不多，朴实勤快。在一次开大灯返程行驶时，防空枪响，高永富马上闭灯，眼前一片漆黑，突撞上一块大石，车被顶翻，好在两人翻身跃出，全身无碍。在后续车队战友协助下翻回车体，驾驶棚虽被压得变形，但略加整修后又沿着钢铁运输线欢快奔跑。

再一次的经历像打桩一样深深地打进李宝元的心里。那是与严家廉战友回国接新车返回途中，再遇敌机夜丢照明弹封锁我交通线。为避开一个炸弹坑，方向盘向右一打，敌机一个俯冲扫射，弹头贯穿严家廉颈部，他当场牺牲。李宝元左腿顿感发热，低头一摸，鲜血顺裤滴下，被战友送回连部驻地换药休养。指导员多次探望，要连卫生员护送他到野战医院转回国内疗养，李宝元硬是不顾劝说，非要留下为高文昌、严家廉诸战友报仇。名义上休养，其实也没闲着，他一跛一跛常往修理班帮忙。两个月的休养后，李宝元自感行走已没问题，要求重返运输车队。连长李廷喜命令小李"立正，向左转"，小李略有歪斜。连长继续发号"齐步走"，小李左腿略显僵直。连长发笑发令："立定，向右转。"小李斜眼见连长发笑，以为自己军帽没戴正或者纽扣没扣齐，下意识地摸了下帽檐，拉了下衣边角。连长招手要小李过来，拍拍小李的肩膀说："小鬼，听命令。"小李一个立正，连长接着命令："一班战士李宝元调任修理班，负责汽车蓄电池的修理保养工作。"这突然袭击的命令，小李没一点思想准备，正想为回归一班找理由，连长向前一步再拍小李肩膀："你左脚听话？服从命令，去！"李宝元只好卷上铺盖到修理班报到。从此，小李常随修理班长或战友到沿途翻倒、被炸毁的车上寻找和卸下可利用的部件如蓄电池、钢板、胎壳、轮胎等。在修理班一待三年，小李深有体会地说："汽车部队是后勤部队，我就是后勤的后勤。"小李肯学肯钻，掌握了一手汽车修理保养技术，以至于 1956 年回国转业被分配至北京第三汽车运输公司保修车间，直到 1993 年光荣退休，现在北京颐养天年。

申望殷同志分配到三班，是三位同乡中的老大哥，他能说会道，也是报名参军的积极分子，他的热情表态多次受到乡亲们鼓掌。小申给副班长当助手，一次出车，眼见前面汽车被敌机炸毁起火，当车经过火场边，目睹炸伤的战友紧抱已牺牲的战友痛哭，小申深觉伤感与恐惧。也许战争的惨烈动摇了当初的热情，不久后一次从火车转运站装弹药时，小申混进民工担架队随伤病员和担架员跨回鸭绿江。三班副班长回驻地向连长报告申望殷同志失踪，是负伤还是逃兵也吃不准。几个月后，李宝元同志收到家书，才知道小申回了老家。这血与火的考验，印证了大浪一直在淘沙。

2018 年 12 月根据李宝元战友回忆整理

参战驾驶员

1949 年中华人民共和国成立，面临的并不是一派繁荣昌盛的景象，而是一个烂摊子。别的不说，在旧中国一穷二白的基础条件下，全国机动车保有量仅 5 万辆多一点，而且全是杂牌车、万国车，没有一辆中国造的车，还集中在上海、天津、武汉等大城市，许多偏远地区的人甚至根本没有见过汽车是个什么样。会开汽车的人当时称为车夫，也不过 5 万～ 6 万人。

抗美援朝打的是后勤，人员、弹药、装备、食物等各种物资全靠后方供应，利用火车、汽车、马背、人扛组成条条支前的运输线，汽车运输成了主力之一。

汽车三团入朝前在沈阳苏家屯接收到 700 台苏制嘎斯 -51 新车，从未开过新车的驾驶员当宝贝一样爱护它、保养它，这就是驾驶员的武器，要好好掌握和使用。过了鸭绿江大桥进入新义州，到处是残垣断壁，人烟稀少，战争的火药味已扑面而来。沿路敌机利用"二战"期间练就的高超技术，贴着山沟飞，擦着树梢飞，低得连敌机飞行员的头盔也看得见。战士们深知面对的是血与火的考验，汽车兵的战场不是前沿、火线，而是公路的沿线、汽车的运输线，大家心知肚明，相对无言。五连七班在三登被敌机投下的燃烧弹击中全部遇难。二班两部车遇敌机临空，前面一部车突然闭灯，眼前一片漆黑，还没看清道路就连人带车翻进十几米的山涧。后面一部车来不及闭灯，被敌机瞄上，一梭俯冲扫射，车毁人亡。这一夜全连翻车 4 部，被敌机击毁 5 部，轻重伤 18 人。车辆减少了，更焦头的是汽车驾驶员快速减员，三团团部在总结报告中提到，第一批车跑到"三八线"附近，两个来回只剩下 260 余台。人在，可以回国接新车；人亡，去哪找会开车的驾驶员？以后调集了多批从松江省解放军佳木斯汽校、陕西省解放军渭南汽校只学了几个星期驾驶技术的新战士，到各班、排当副手并在战场练习驾驶，仍然满足不了需求。

　　为保障抗美援朝的后勤供应，国内动员了大批国内汽车司机参战。在那个时代，能做一名汽车司机是非常光荣的，一批又一批参战驾驶员在抗美援朝的高潮中来到朝鲜。我团一下来了百多名参战驾驶员，我连也补充了12位从武汉来的参战驾驶员，他们没有军籍，在部队享受士兵待遇，在原单位拿工资。他们技术高，但没有在夜间战场上驾驶的经历，武汉参战的胡济川同志在运粮途中遭敌炮弹击中，炮弹碎片和前挡玻璃片重伤胸部，鲜血直流。为保障道路畅通和车

停战后战士吴清祥在朝鲜大同江边留影

辆安全，他强忍伤痛，将车开至路旁隐蔽处，自己却因流血过多，牺牲在驾驶室里。也是武汉参战的老周驾驶的车辆被炸翻在桥下，他受伤严重，送野战医院后不知下落。

　　这种战争气氛强烈地感染着每一位参战驾驶员，他们开始是紧张的，慢慢地心中对美军怒火燃烧。今天你还活着，但明天是否还能活着谁也不知道，大家想得最多的就是多拉快跑，排除万难去完成任务。为了及时给前线补充物资，他们基本上一出车就是超载超速，在伸手不见五指的夜间行驶，在狭窄曲折的盘山道上、冬天的冰面上飞驰，碰撞、翻车是家常便饭。这些没有军籍的战士，越战越坚强，直到1953年朝鲜停战他们才回国。战场上结成的友谊保持了几十年，如今吴清祥（后参军）、向道亮、宗彬等同志先后走了，我们与其晚辈还常常回忆那火热的时代、那难忘的并肩。

2001年得知吴清祥病故后有感

没有军籍的担架队

朝鲜的初夏并不炎热，卸完弹药空车返程前，前线指挥我车绕到后山坳接运一批伤员。一名小战士背了一支卡宾枪、腰捆几颗手榴弹站在车踏板上给我们带路。在暗淡的半月下，我驾车转过山脚到山石堆下，前面已无路可走。山石堆旁有几个猫耳洞，大概就是前沿的卫生所，一位长辫子的女卫生员正为一左手被炸掉半截的伤员包扎伤口，做吊颈带。啊！我们的巾帼战友也在这里。炮弹不时从头顶飞过，伴随着一闪又一闪的火光爆炸轰鸣，最前线也不光是男人的天下，我志愿军女战士同样也战斗在最前线。

卫生所混杂的人群有序地各行其责，一些衣着白土布开襟褂子、头戴用树枝伪装的圈帽的老汉特别显眼，他们一口东北腔，正与一位刚被抬下的伤员在那儿交谈。那不到 20 岁的伤员两腿被炸伤，也用一口东北乡音回答。真是：一段家乡话，相互情更长。原来这几位 25 ～ 45 岁的老乡因年龄偏大，在家乡报名参军没被批准，就报名参加了志愿担架队。这志愿担架队是钢铁运输线最后最艰苦的战线。虽说没有直接与敌人拼刺刀的危险，但他们同样以血肉之躯筑成新的长城。

夜色下，前面山腰上又下来一溜担架，几乎 60 度的陡坡，只见前担架员将担架柄扛在双肩上，后担架员脖子上套根绳子，绳子的另一头拴在与脚平齐的担架柄上，尽量保持担架下山时的平稳，一步一个脚印，慢慢地踏实落脚，绝不能滑倒。快到山脚时，前担架员慢慢放下肩扛的担架柄，后担架员则慢慢拉起套绳，让担架继续保持平稳。这些没着军装的老乡，用肩披的毛巾随手揩抹一下脸庞，旁边一老乡随即递上一个水壶，担架员转头又递给担架上的小伤员。这伤员头上团团地缠着绷带，两只手露在外面摆摆手，一位斜背急救包的战地医生再一次检查伤员头部的伤情，指示直接送到车上。这下躺在担架上的小伤员突然用手撑住担架两边，双脚挪出担架试着要站起来，口中嚷嚷道："我不搕（kē），我不搕。"我一听是武汉话"我不去"的意思。见他脚站不稳要摔倒的样子，我忙上前扶住他说："小兄弟，武汉人？我们是老乡。"老乡见老乡，两眼泪汪汪。这小战士述说着："我的班长牺牲了，我的子弹打完了，眼看敌人冲上来了，我拿了班长身边的最后两颗手榴弹甩了出去后就什么都不知道了。等我醒来时，只见排副背着我钻进坑道里，我不能下去，我要为班长报仇。"说着说着这个小战士竟哭起来了，我两眼也湿润了。旁边的东北老乡似乎也听懂了这武汉腔，说："别唠嗑啦！快上去！"我也连哄带骗地说："小兄弟，我先把你送去野战医院，等你的伤医好后，我再把你拉回部队。"这只是我们队伍中一名再普通不过的小战士，没有豪言壮语，他的行动书写了他的坚强。

夜色下，担架队员在卡车后厢铺上野草，安放了五位伤员，关上后车厢门。正要启程，敌远程大炮炮弹连续不断地在后山背落地爆炸，企图切断前沿运输线，闪闪的火光让我们不用开车前灯照样可以认路行驶。虽火光一闪一闪让双眼不太舒服，但总比摸黑要强一点。在闪光下隐约地看见远处山谷有两列担架队员，车越来越近，已看清这些手臂系有白毛巾的东北老汉，肩扛弹药或身背粮食努力往上爬，时不时用手电照一照。这些东北乡亲在战场上也随时面临死伤的威胁，他们除了年龄大一点，没穿军装，没带武器，其他哪一点和我们的后勤战士不一样？

记得在后方各兵站或仓库装运物资时，也常常遇上没穿军装的担架队员，他们的主要职责是转运伤员，运送弹药、粮食等物资。在平壤以北狭窄的山路上，戴狗皮帽、外扎有伪装树叶、穿落有冰雪的羊皮外套的老汉们赶着马车和我们一起赶路，一幅军民同仇敌忾的画卷，常在我脑际里再现。在野战医院也能遇上担架队员，他们大多是翻身农民，别看他们胡子拉碴、满脸倦意，但个个都很热情，对伤员总是轻抬轻放，就像长辈爱护晚辈一样。

再看《南征北战》电影中支前民兵有感

中道奇被坦克屁股拱翻

是夜，那跳跃飞舞的雪，像棉花一样柔软地铺满了山巅、林间、树顶。那弯弯曲曲、忽高忽低的碎石路也白茫茫一片，就像轻松的巨大雪毯覆盖在大地上。这情景，敌机不敢起飞。这天气是对付敌机"空中优势"厚厚的隐形膜，也是我火力赶前、后勤支前的天空作美。

我乘坐五班长尚银虎驾驶的中型道奇赶路。这辆中道奇是昨天美军慌忙撤退时，因车左前轮胎被击破，车棚被打得稀巴烂，歪斜在路旁。当时五班长开车从它旁边经过，被这辆车吸引住了，他把装满一车炮弹的小嘎斯交代给副驾驶小李，要他继续送往前方，自己留下来在歪斜车的前后观察一番，从敌军弃车上找到工具和千斤顶。这夜，雪停风止，五班长在弯月映照下，用备胎换下那泄气的左轮胎，查看油箱里还有半箱油，五班长迫不及待地将此车开回连部泉谷洞，并马上向团部报告。团参谋要五班长把车开到团部，正好我要去团部送报表，于是跨上这中道奇沾了光。

这没棚没顶的中道奇坐上去舒服，开起来轻松，五班长一踩油门，车子就疯疯癫癫地飞起来。绕过炸成仅剩几根烧焦房架和一片碎瓦的房屋，赶上前面一溜溜慢腾腾爬行的轻型坦克。在又破又窄的碎石路上，要超越坦克不得不放慢车速，小心翼翼地擦身而过，一辆、两辆……第三辆坦克手还掀开炮塔门向我们招手，坐在副驾驶位置上的我举起手枪向他高喊："向英雄的坦克战友致敬！"

超越了一辆又一辆坦克，到了一个几乎呈 75 度的大拐弯，一辆坦克屁股一摆，其力度不亚于甩出的飞弹，一下子把我们的中道奇连同两名乘员推翻到左边的大河床。坐在副驾驶上的我顺

当时中道奇就是这个模样，不过车棚早被打飞了

势腾空而飞，画出一条大弧圈，重重地落在厚厚的又非常柔软的雪毯上。皮帽不见了，扑打扑打，发现腿没伤，皮没破，居然在齐腰的雪地里站了起来，手枪还紧紧地抱在怀里。河床里的中道奇四轮朝天，只听见压在车下的五班长在呼喊。这突如其来的飞人翻车，令后续的车流只得挨得紧紧地停在路旁。我在雪地里吆喝，不认识的战友们先后奔下河床，齐心协力要把车翻转过来。先从左掀，伤员痛叫；再从右掀，救出了负伤的五班长。拍打拍打，厚厚的棉衣裤成了他的垫衬，除了有点压伤，一跛一跛地倒还能走动。此后，五班长治愈后又重返前线。年老离休后定居西安。我俩每每电话长聊往事，总是大笑不止。大雪救了我一命，战友救了五班长一命。

2008 年 2 月 14 日

钻进敌坦克

在朝鲜路旁或田间总可以看到躺着的美军坦克，越向南这类被捣毁的敌军坦克越多。一次深夜拐弯，远射的大灯90度一扫，几十辆敌军坦克东倒西歪，交叉重叠在前面一片山丘地，估计这儿曾进行过一次大的战斗，敌军丢盔卸甲地逃之夭夭，战场还来不及清扫。距离天亮大约还有两小时，但还得赶80多公里路我拉的这车弹药才能到前线炮兵阵地，虽对这铁皮"乌龟玩意儿"好奇，那时哪能容许我停车去亲往摸摸看看。

机会来了，这天大雾遮天，70多年前敌机没那么先进，雾天是不敢出动的，这正是我汽车赶路的好机会。昨夜该死的四角钉扎坏了两只轮胎，卸轮、补胎、装轮，两个小时过去了，汗水湿透了全身。村里朝鲜小男孩送来了早饭，根据小男孩的指点，发现远处有辆斜歪的中型坦克。好奇心驱使着我，饭也没吃，拉着小男孩就直奔此被敌军遗弃破损的坦克而去。三下两下就顺着坦克链条爬上顶盖，打开顶盖闻到汽油和火药味尚未散尽。估计在我先头部队冲击下，敌坦克链被击毁，敌坦克兵弃车慌忙逃命。我弯腰向内探视，两手扶盖口一撑，双脚一提一放，就钻进敌坦克里去了。坦克舱内狭小低矮，前后五个座椅好

被美军遗弃的坦克

挤呀，我这个小个子坐坐还可以，要是高个子头盔都要顶上舱顶了，肯定没有我们开小嘎斯-51舒服。怎么没见方向盘呀？坦克靠什么转弯的呀？右手触摸的操纵杆就像汽车的排挡，也许这就是坦克手前进、转弯的指挥中心杆。后排座位下留有几个加农炮弹壳来不及丢弃，还残留一些火药味，两挺机枪、一挺高射机枪和发射过的弹壳散落在舱内。主座前架上有个望远镜是弯曲的，我瞄了瞄，虽看得远但视野不宽，后听人说这叫潜望镜，就是镜头打坏了也伤不着潜望的人。前排钢板足有三寸厚，穿甲弹也难以打穿它，坦克确是活动堡垒。

1950年10月我志愿军跨过鸭绿江时，敌我武器装备悬殊，他们有飞机、大炮、坦克，我们只有手榴弹、燃烧瓶、炸药包、爆破筒，靠此落后的武器把敌军的活动堡垒变成棺材，也是一个奇迹。不过半年，我们也有坦克了。窥视过坦克内部，才体会到坦克兵比我们汽车兵更辛苦，生存环境比我们更艰难。

好笑的是，1949年部队南下，傍晚时分我连车队夜宿隆回县车塘村，村前有几间茅屋，我想向农户借把锄头把车前那个坑洼路填平。一农夫双手交叉抱胸，友好地注视着我们这些军人，我走上前去比画锄地状说："老乡，你家锄头借我用一下好吗？"农夫回头就喊："满崽、堂客！"我一惊：这农夫家还有"满载的坦克"！那还得了，难道这农夫是潜伏下来的土匪？正迟疑间，后屋走出一男孩和一少妇。后经湖南籍战友指点，出来的就是满崽和堂客。

防空洞前举起右手

1951 年开春，覆盖朝鲜山野的雪毯开始融化，河床的冰块也渐渐分裂。班长刘国强通知我今晚留下不出车了，我们汽车部队为了保证前线弹药、物资的供应，以战友之躯才筑成这"打不断、炸不烂"的钢铁运输线。当时战友牺牲惨重，正缺人手，哪能不出车呀！入朝第一天，七班战友在三登连车带人全班被敌机轰炸，战友的鲜血激励我要像共产党员七班长那样，我的入党申请书经连队党支部半年的考核得到批准，今晚就是五位战友举行入党宣誓仪式。连指导员华军在防空洞前找到一块草地，文化教员正在树枝间扯挂党旗，文书突然跑来向指导员汇报，刚刚出车的四班出事了。怪不得 20 多分钟前，看到四架"吊死鬼"掠天而过，也听到一阵机关枪和炸弹的轰鸣声，入朝几个月来本已对此司空见惯，谁也想不到这次又临到我连四班头上。指导员取消了这次宣誓活动，他必须马上亲临现场。活动改期了，我也沉思：共产党员要有不怕死的精神，无私才能无畏。过了几天，还是在防空洞前那块草地上，五位不到 20 岁的小战士，在指导员引导下举起右手在战地进行入党宣誓。宣誓完毕，年轻的新党员含着泪水，向天高呼："打倒美帝国主义！为战友报仇！"这一天就像石刻一样永远刻在我的心窝里。

1952 年连队文

左起：理发员屈平湖、朝语翻译禹万福、黄建华

书被炸身亡，我被调到连部接文书的班。1953年7月27日朝鲜停战那天，赵副指导员接团部命令：各连要在三个月以内整理和勘察，以寻找烈士遗骸。我把牺牲的前文书用子弹箱装的各种记录和资料一一清理，我连入朝两年半，牺牲和负伤的有百多位，等于我们一个连队的血肉之躯汇入全团和全部志愿军汽车部队，才筑成这"打不断、炸不烂"的钢铁运输线。这血与肉，无论怎么洗刷，也总是抹不掉。

我是幸运的，享受到改革开放的成果，每看到祖国日新月异，我就更思念那活蹦乱跳的年轻战友，他们刹那间就从战士直升烈士，我能为他们做些什么？首先我应该在人生历程中，永远以中国共产党员的标准要求自己，兢兢业业站好每道岗。其次，对知道和了解的优秀干部要拿起笔大力宣传和弘扬；对不良现象，吃得准的要敢于说、敢于揭。退休后我先后编了5本书并向各刊物投了数十篇稿，扬长揭短，散见于各文章、各投诉信中。再次，每当物质生活上一节，我总想要为烈士完成遗愿。在夫人的大力支持下，20多年前我俩就与上海慈善基金会联系，定期资助贫困小学生直到大学毕业。协助与支持武汉大学上海校友会组建爱心分会，10多年来支援井冈山地区山区小学和中小学生，我也两次去访问山区小学和资助的中小学生。金钱除满足基本生活需要外，要那么多干什么？我几年前在母校武汉大学化学系组建了"志愿军奖助金"，可以告慰牺牲的战友，我没忘记你们。

我是幸运的，我的生命已超过目前生命平均值，我无恨无悔。在剩下不多的岁月，也要以共产党员标准要求自己，遗体还有什么用？医学教学还能派上用场，我与老伴几年前毫无顾虑地与遗体捐献机构办好捐献手续。这是我共产党员夫妻档的最后一笔财产。

2019年7月27日

高炮也打游击战

　　入朝初期我志愿军没有一点制空权，天空每时每刻都被美国飞机霸占。美国飞行员有第二次世界大战空战经验，技术高超，可以驾驶飞机在山间盘旋，也能在离地面只有 20 米处几乎是贴着地面飞。不管白天黑夜，总有美国飞机在我们的头上骚扰，我们稍有风吹草动，一旦被美机发现，他们会马上召唤后方支援，不一会儿就有四架战斗机对暴露的地面目标进行轮番轰炸，使得我们白天躲在防空洞里不敢外出，只能晚上利用黑天冲过敌机各种封锁线。

　　两个月后，山川大地仍覆盖在白雪下，春寒料峭，在平壤以北的南北交通运输咽喉地段清川江地区附近的铁路、公路和交通枢纽处偶尔能看到我高射炮兵部队发威，迫使敌机不再敢低飞，保障了繁忙的运输线的畅通。跑了一夜，我找了靠近高炮基地的山坳处伪装、休息。一来在高炮庇护下比较安全，二来也想看看高炮如何对空射击打落敌机，以解心头之恨。

　　胡乱地塞饱肚子，这讨厌的"黑寡妇"（对美机的一种贬称）又来了，奇怪的是：我们的高炮怎么不发威了？是高炮生病了还是射手睡着了？正纳闷间，忽听掠过头顶的敌机在左边的连绵深山老林间扔下一排又一排的炸弹。这天也怪，这"黑寡妇"来了一批又一批，似乎要把深山老林炸个底朝天。三批敌机足有 10 多架，足足扔了百多颗重磅炸弹。我找了位"阿爸基"指着大山深处问："撒拉米，依索？"（人，有吗？）阿爸基向我摆摆手，意思是说：那大山深处没有村庄也没有人，这让我更纳闷了。

　　看了一夜没睡，早上困得我在汽车掩体的防空洞睡了一觉，西斜的阳光穿过林间直刺双眼，我睡意顿失。走出洞口伸个懒腰，懒洋洋地用冰凉的溪水抹擦脸庞，冲冲脑袋。忽闻一股汽油味，抬头只见溪流上游有几位战士在溪边用汽油洗刷工具，忙问："同志！我是汽三团五连的，你们是哪个团的？"对方也高声回话说："小兄弟，我们不是团，只是个小小的营。""哈！几营？""高炮营。"一听是高炮营，我的兴奋劲来了，一连串的疑问急需寻找答案，我赶忙跨过小溪，虽然我们素不相识，但他乡说汉语一下拉近了我们的距离。

北京中国人民革命军事博物馆
馆藏苏制 M1939 型 85 毫米高射炮

大家随意在小溪边的石头上落座，一聊原来是同行，他们是苏制 85 毫米高炮牵引车的驾驶员，不仅对牵引高炮的汽车很熟悉，对 85 毫米高炮也很熟悉。我心急地问："今早'黑寡妇'来轰炸，你们怎么不打呀？高炮兄弟是吃干饭的？"一位矮个子回答说："什么干饭、稀饭，我们是请美国鬼子拉稀屎。"原来高炮部队设计了以假乱真、诱敌中计的高招——他们在无人的深山老林间构筑假阵地，架起粗树干朝天斜射伪装成假高炮，再搞一些反光物体，设置些假人手持指挥旗，让旗迎风飘动，并把假阵地周围的雪扫净，好像是我高炮群"严阵以待"。而真的高炮阵地一律不扫，炮口放平，盖上白色伪装布，战士反穿白毛皮大衣，白毛和白雪融为一体，部队隐蔽不动。美机在雪后侦察发现此深山老林"高炮"增多，反光点不少，误判是我高炮阵地，于是很快第一批敌机就开始朝假阵地轰炸，消耗了大量弹药。以假乱真，取得实效。

"哈！那你们的牵引车是怎么把高炮拉到山顶的呀！""我们没那本事，牵引车只能隐蔽在山沟里。高炮嘛可以卸开，将近 4 吨的零部件人背肩扛，我们有两只手，什么不能干？"当时一门炮有 9 名炮手，1 号炮手负责方向，2 号负责高低，3 号负责航向，4 号负责距离，5 号负责装填，6、7 号负责递送炮弹，8、9 号炮手是预备队。"我们用的炮是苏联的八五高射炮，这种炮一分钟可以发射 100 多发炮弹，高射炮兵只负责打飞机。"筑好隐蔽阵地再组装，严阵以待。"佩服，佩服。""我们还有诱伏歼敌，就是'高炮打游击'。"我越听越有滋味。当时一个高炮连只有4门炮，为了迷惑敌机，也为了隐蔽自己，高炮部队没有固定的阵地，打几仗就要换个地方。把步兵的灵活机动运用在炮兵营、团，敌人打破脑袋也想象不到。

随着我志愿军高射炮逐渐增加，加上志愿军空军逐渐壮大，美机从日夜轰炸转入夜间活动，从全面滥炸转为重点攻击，其轰炸机从超低空进袭被迫升空至3000米以上，降低了投弹命中率。高射炮为"打不断、炸不烂"的钢铁运输线筑起了新的长城。

随着军事技术和武器的发展，70年前制空的先进高炮部队已被导弹部队取代，然而高炮部队在历史上曾发挥过巨大的作用，特别是游击战式的高炮部队，是志愿军的发明创造。

2019年6月7日端午节

　　美军利用空中优势，派出各种飞机疯狂轰炸我方的铁路桥梁和运输车辆，妄图切断我志愿军的补给线，即所谓"绞杀战"。白天攻击一个地区可出动上百架飞机轮番轰炸扫射，夜间在照明弹照明下对我桥梁倾泻成百吨炸弹。有一种我们叫它"黑寡妇"的美军侦察机，每天日日夜夜总在天上盘旋，明知我无防空高射设备，专门低空反宣传、找亮点、寻目标，并随时向他们司令报告，十几分钟就派飞机向亮光、向目标扫射轰炸。我前线、后勤部队受了不少气。

　　好！该出气了。1952年刚开春，我志愿军探照灯兵发威了。那是我与战友一起回国接车，夜间乘车快到平安北道郭山郡东莱江，坐在车厢上的我已能根据敌机的轰鸣声判断敌机类型。前面就是郭山铁路大桥，突然远空传来沉闷嘈杂、如雷轰鸣的敌机声，这声音不是一架而是一群飞机发出的，庞大的机身在微弱的月光下隐约可见，我高喊"黑乌鸦"。突然，一支光柱从车后直射天空，啊哈！我叫起来了。又一支光柱从右方射出，一刹那十几支光柱从四面八方射向天空。这时三支光柱的交叉点上，一架"黑乌鸦"现了原形，光柱交叉点随着"黑乌鸦"上下摆动，左右摇晃，牢牢地锁住了它。突然又在敌机的侧后方射出一颗颗红色的曳光弹。敌机发觉不对，慌忙丢下炸弹，扭头逃跑。另一组四支光柱的交叉点也锁住一架"黑乌鸦"，较远空又有一个光柱交叉点盯上了第三架"黑乌鸦"。好兴奋！看这些"黑乌鸦"往哪里逃？射出那一颗颗红色曳光弹的原来是我英勇的歼击机。前几个月大白天就看到过我喷气式歼击机把"黑乌鸦"打得凌空爆炸，这次是黑夜空战，美透了！只见隐蔽在光柱外的我机迅速从美机后方抢占高度和有利位置进入光柱，乘美机尚未发现时逼近，开炮将它击落。随后，光柱的交叉点从几架米格-15机身掠过，又锁住一架"黑乌鸦"，正当我机从其右后上方逼近射击时，它立刻扔弹、拐弯、下坠。我探照灯紧紧盯住敌机，敌机也在还击，机头闪耀着火花。又一梭红色曳光弹直射敌机尾，接着一颗接一颗射入敌机座舱，空中霎时出现了一只大火球。当第三架敌机在空中爆炸后，我探照灯战士马上转入第四架敌机的照射。我车战友又紧张又兴奋，高呼"打得好"，这一空仗打得真过瘾、真出气。

郭山这一仗，我探照灯部队与我歼击机的显威与出击，狠杀了敌人的嚣张气焰，后几个月敌机好像不敢再这样嚣张，由此我们的运输线畅通无阻，铁道兵也赢得了休整的时间。后有报道：郭山这一仗，是"黑乌鸦"损失最惨重的一仗。

如今节假日入夜，上海外滩浦东高楼大厦的灯光秀固然美丽，但我认为哪比得上60多年前那场灯光秀？当时还没有超音速飞机，与现代超数倍音速的飞机比那可是慢动作。难得再见的我雄鹰一会儿从敌机背上飞过，一会儿在敌机肚下穿越，有时在敌机机头前擦过，有时在敌机机尾划过，看得叫人急出汗来。一想我歼击机的飞行员会比我们更焦急，因为这是生死搏斗呀！这是一生难忘的最美灯光秀！

2015年陪战友夜游上海外滩有感

1950 年朝鲜的天空全被敌机覆盖和控制，当时做梦也不敢想有我们的飞机来保护我们汽车兵。1951 年下半年，平壤以北清川江一带才偶尔看到我喷气式飞机临空迎战，那也许是我空军首次亮相，战友们相互转告，拍手欢呼："我们有飞机了！""志愿军空军万岁！"我年轻的飞行员从无到有，从弱到强。我们汽车兵，也从白天不敢出车不敢露面当了两年的夜猫子，到白天也外出溜溜，晒晒太阳。

记得 1952 年夏，一次我跑了一夜的车，然后糊弄塞满肚子，伪装好车辆，天蒙蒙亮才入睡。约莫 9 点，轰隆隆的爆炸声把我惊醒，入朝一年多来我们对此已司空见惯。小孙是"睡佛"，继续打呼噜。小王尿急，刚从防空洞外跑回，见我已惊醒，正要对我讲什么，又是一串炮弹的连发声。他提着裤子转身又到洞口张望，还回头大呼："快看！快看！"我也不知道发生了什么事，赶忙推醒"睡佛"，叫醒班副，随着小王指点挤到洞口。"睡佛"揉了揉眼睛，也许被不断的轰鸣声赶走了睡虫，他手舞足蹈，遥指天空高喊："你看！你看！'疙瘩郎'（志愿军战士对一种机翼末端多两个球的敌机的贬称）冲下来了。"

只见敌机居高临下，有备而来，一个俯冲偷袭居下的我米格 -15 战斗机，没有命中。只见我机机翼下掉下两个大圆桶，不像炸弹垂直下降而是横落在前面山顶上，也未听到爆炸声，未看到燃烧的火焰，这是什么？大家莫名其妙。然而我机突然加速，单机升空，冲散敌机机群，从侧面猛地切入第二架我米格 -15 战斗机紧紧跟进，迅速爬升。两机居高临下一个大回转，快速咬住敌机机尾，瞬间机关枪瞄准，弹花开裂，敌机冒着黑烟旋转，直落山间。我机时而提升，时而俯冲，四架飞机组成的敌机群被我军击落两架，余下的落荒而逃。这一免费空战大片看得太激动、太过瘾了，瞌睡虫也被赶跑了。"睡佛"索性在防空洞口解说起来：前面那架米格 -15 是长机，任务是主动攻击敌机，因为挂了副油箱，飞速较慢，差点被敌机命中。那掉下的两个大圆桶就是抛下的副油箱，我机轻装上阵飞速就加快了，更加机动灵活，横冲直撞，打乱了敌机机群，转危为安。第二架米格是僚机，紧跟长机，负责观察和掩护长机，偶尔也主动攻击敌机。"睡佛"得意地说：这些都是我在安东浪头机场当检修师的堂兄给我讲的。"睡佛"侃侃而谈，伙伴们静静地听。

观看 2019 年国庆大阅兵雄壮的银燕蓝天飞翔回忆

　　汽车部队是后勤部队，根本没有机会抓前线俘虏。1953 年，美军在战场上的制空权被进一步削弱，我们白天还可以到防空洞外走走，这在两年前根本不可能。过了两年多的夜猫子生活，居然能仰天看到超环球大荧幕上上映的全方位空中追击战。一架志愿军米格 -15 战斗机紧咬"疙瘩郎"，眼看一梭火龙直射敌机冒火，一个小黑点脱离敌机，"疙瘩郎"起火爆炸，一卷浓烟升起，火球迅速下降。从敌机上掉下来的小黑点渐渐变大变白，看清了，是敌机飞行员乘降落伞徐徐下落。这一切说明我们的境况在一天天好起来，我汽车部队不是只等挨打、受气，祖国捐献的飞机、大炮为我们撑腰，新建的志愿军空军为我们挡驾。当时出了不少空军战斗英雄，如张积慧、刘玉堤、韩德彩、王海、鲁珉等。

　　我们看到敌机飞行员空降下来，看着很近，最后却落在山北边抓不到，只是空欢喜。一次，敌机飞行员落在一个小山腰上，我和许多战友一起追过去，很多朝鲜小孩、阿妈妮也追了过去。我拿起手枪高喊"缴枪不杀，缴枪不杀"，不管他们听不听得见、听不听得懂，吓得刚从地上爬起来的俘虏身体又开始打摆子，但他倒没忘记拿个白手帕举过头顶摇晃，他们军校里教的保命课这会儿倒真派上了用场。俘虏被我们押下山，我看着前面的一个俘虏，真想用枪托朝他屁股狠敲一下，以报炸死我战友之恨。好在我头脑还清醒，知道志愿军的俘虏政策，没敢下这个手。

　　俘虏沿着山路被押下来，小朋友就跟在后面做鬼脸。一个八九岁的朝鲜小男孩用手比画一支手枪，顶上前面的一个五六岁小孩的腰，听不懂讲了什么，只见前面小孩双手立刻举过头顶，引得周围的小朋友和志愿军哈哈大笑。有一个美国俘虏还回过头来看看，也扑哧一笑。可惜当时没有摄像机，否则这是绝好的历史镜头。

以后，战友们在沿路实践中总结出，抓空中俘虏一定要抓活的，只要我们不开枪、不射击，就一定能抓到活的。因为敌飞行员跳伞前随身就带有中、朝、英文投降书和白手绢，绝对不会反抗。要是开枪射击，降落伞被击穿个小孔，小孔在大风鼓吹下会把伞撕裂，敌飞行员会加速下落摔死。

听战友讲：有一天晚上，也不知道是我空军打下的还是我高射炮打下的，天空中一闪，一个大火球下面，隐隐约约看见敌机飞行员跳伞了，他借着火球亮光加大油门向降落伞可能的落地点追去，10 多位战士也从几个方向追去抓俘虏。不久，美军飞机赶过来，几架战斗机在空中掩护，对落地美军飞行员周围进行猛烈扫射，让我方战士无法靠近，一架营救直升机放下救生绳企图救回跳伞飞行员。这不是久留之地，战友的职责是尽快把物资送上前线。在回程经过事发地时他听防空哨同志介绍：我们手上没高射机枪，眼睁睁地看着敌人把落地的飞行员救走了。

2004 年 7 月 3 日

　　1951 年秋冬，国内为支援"抗美援朝，保家卫国"而掀起捐献飞机大炮的爱国运动后，我军开始有了自己的高射炮和战斗机，从而大大削弱了美军在战场上的制空权。一天夜半，四班运了一车粮食到前沿，前沿的营长要我们空车转到后山根，把抓到的俘虏运到后方交给俘虏营。到了那里，一位战士持枪把俘虏从坑道里押了出来，一共 12 个，四班副班长从本子上撕下一张纸写了几个字，作为收条交给营长。然后手一挥，12 个俘虏兵争先恐后就往后车厢上爬。他们认为前沿不安全，说不定什么时候就会有美国炮弹打过来。我们也没配押车的战士，俘虏们都很老实、很安静，乖乖地靠车厢两边坐着。

　　这晚的月亮特别亮，不开灯也能跑。过了伊川，沿途的防空枪响了，这枪声在黑夜特别清脆，它是防空哨听到敌机嗡嗡叫后发出的提醒声。这时只听到后车厢里哇哩哇啦地叫，还猛敲驾驶棚，难道这些俘虏要造反了？我们只好靠边停下车，四班小尹提上三八马枪下了车，因为不会英语，只好用对付日本人的腔调说："你们的什么什么干？"俘虏们听不懂小尹讲什么，只是往车后指。小尹一点人数，少了一个，莫非逃跑了，这如何向俘虏营交差？小尹提枪就往车后跑，跑出 200 多米，只见一个美国兵坐在公路旁抱腿痛苦地叫。小尹才弄明白，原来这个美国兵听到飞机声吓坏了，怕在车上被打死，于是跳车逃命。小尹只好回到车旁，用自造的手语比画，要两个美国兵下车到 200 米外把同伴扶回来，车上的同伴再把这个伤者拉上车。

　　后面又遇上照明弹，更好玩。四架"吊死鬼"在低空穿梭，吓得这些美国大兵又开始猛敲驾驶棚。由于照明弹较高，照到地面上还不太亮，"吊死鬼"看不清地面目标，只是随便丢一些炸弹，扫几梭机关枪，返回好交代。我们凭以往经验，认为借机冲过去就没事。可生怕自己成为自己弹下鬼的美国大兵们却越敲越猛，我们只好离开高低不平的战地公路，把车开进枯树旁的牛车小道，在一块大石头旁停下。刚停下，那 11 个大兵就从三个方向跳下车作鸟兽散，不知道躲到哪去了，而那位摔伤腿的动不了，只好乖乖地待在车上等挨炸。接班的敌机没来（按规律敌机每一刻钟要换一班，从天黑一直丢炸弹到次日天亮），最后一批照明弹也快灭了，天渐泛鱼肚白，小尹向天空放了三枪，俘虏兵大概领会了要他们回来上车的意思，其中一个哇哩哇啦一叫，其他人就都纷纷从石头缝里、乱草丛中钻了出来，一个个又爬上车。别看他们都是俘虏兵，可黑皮肤、白皮肤分得特别清楚，他们按照肤色分别畏缩在车厢的两边。到了俘虏营，他们见到营内的同伴时还不住地在胸口画十字。

2008 年 7 月 16 日应闵行区老干部局朝鲜停战 55 周年征文

　　中国人民志愿军特等功臣陈佑甫，1921 年 11 月出生于湖南省新化县搓溪乡深山坳里一个贫苦农民家庭。旧社会他家穷得锅底朝天，陈佑甫兄弟三人，他排行第三。为了生计，小小的佑甫只好给地主放牛混口残渣。抗日战争时期刚刚长大成人，却被国民党反动派抓去当了壮丁。1949 年 12 月在湖南被解放，参加了中国人民解放军汽车三团。阶级仇、民族恨、革命大家庭的教育，使他深深懂得解放军才是人民的军队，共产党才是真正为人民服务。在忆苦思甜大会上，他热泪盈眶地说："没有共产党就没有新中国，也没有我陈佑甫。"1951 年 2 月，四野后勤部汽车三团正在广西执行抗法援越任务时接到命令，北上转战抗美援朝。在誓师大会上，在部队已属于高龄士兵的陈佑甫发出誓言："听从祖国召唤，毛主席指到哪，我就打到哪。"

　　自 1950 年 10 月我中国人民志愿军出国作战取得第一、二次战役胜利后，摆在面前的最大困难是我们没有制空权，敌机日日夜夜狂轰滥炸我运输线，抢运军需物资、保障供给的特殊使命就落在我汽车运输部队的肩膀上。1950 年 12 月第三次战役打响，尽管我们汽车昼伏夜出，仍常常遭敌机追击。陈佑甫在中国人民志愿军后勤司令部一分部汽车三团五连四班，是班里技术较高的驾驶员。在执行运输任务中，他精心保养车辆，注意节约零器件，并总结出一套驾驶、保养车辆的经验，创造了全分部安全行车最高纪录。他临危不惧，驾着小嘎斯东藏西躲、南北冲刺。一次在连队加油站，连长知道前天他曾被两架敌机追赶扫射，就问他："好样的，没打着你，要是你光荣了，你怕不怕？""人民子弟兵，打敌人岂能怕死！死，也死得其所嘛！"他铿锵有力地回答。连长拍拍他的肩膀说："这就是我的兵。"1951 年 9 月，陈佑甫同志在火线上加入中国共产党并升任班长。

英雄自有虎胆。1952 年 10 月上甘岭战役打响后，他趁夜到一个火车站满载喀秋莎炮弹，正准备运往前线。此时，敌机扔下几个凝固汽油弹，火焰喷射到他的棉衣上、汽车护盖上和驾驶棚的帆布上，他敏捷地脱掉了棉衣，拉扯车上的帆布，可是着火的帆布还没被扯下，敌机转了一圈又飞回来了。为了避开火车站的大目标，为了抢救炮弹，他驾驶着火的汽车迅即冲出火车站，直到安全路段才将驾驶棚上的帆布扯下来，会同副驾驶一起将火扑灭。就这样，他躲避了敌机的追击，使车辆、炮弹、火车站化险为夷。

他把军车当作打击敌人的重要武器，不论什么时候，开了一夜车，天亮以后都坚持勤检勤修，使车辆保持良好的状态后才找个防空洞铺上稻草休息。他驾驶的那辆车，车厢木挡板被敌人打了 40 多个弹孔，轮胎也被打爆好多个，机件却完好无损，一直没有做过大修。1951 年 12 月至 1953 年 7 月，他创造了安全行车 60834 公里的最高纪录，节约器材折价 9600 元，荣立特等功，并获朝鲜民主主义人民共和国一级战士荣誉勋章、二级国旗勋章。由于贡献突出，获得二等功 1 次、三等功 4 次，其他勋章 8 枚，并作为志愿军国庆观礼团成员归国参加国庆观礼，受到毛泽东主席的亲切接见。1953 年 10 月 18 日《人民日报》第六版专门报道了他的英雄事迹。他在战场上驾驶的那辆车被陈列在中国人民革命军事博物馆抗美援朝展馆。

1959 年 3 月，西藏极少数上层反动分子发动武装叛乱，他奉命率领一支精干的车队，进藏执行特别军事运输任务，支援平叛斗争。经过顽强搏斗，车队终于战胜了暴风雪进抵拉萨，胜利完成任务，受到部队首长的表彰。由于他掌握了青藏公路跑车的规律，被调任团汽车训练队队长，带领培训新战士，组成壮大了一支又一支的汽车部队，沿着高原公路爬雪山，战严寒，反复进行实地演练。在极其艰苦的环境下，整整干了 6 年多。

1965 年 5 月，陈佑甫 44 岁才转业到湖南南县，从事企业领导工作。先后担任县印刷厂副厂长、党支部书记和县汽车站（公司）、前益阳汽车运输总公司南县客运公司党支部书记。1986 年退休。1996 年 3 月因病去世。

2008 年 3 月与老战友电话交谈中问及陈佑甫现状而想念后整理

接牺牲文书的班快半年了，我被关在连部不能跟车，这让喜欢往外跑的我真不好受。机会来了，团部来电话要我连上报二季度先进事迹材料，上周指导员召开过部分排以上干部汇报会，一致推荐将四班陈佑甫事迹上报。我虽有记录也收集过足够的材料，但为了能往外跑，我以材料不足需要下去体验驾驶员的艰苦生活向连长请假跟班出车。连长居然批准我跟车，好高兴呀！

这天，我回到九班乘上老班长赵文斌的回程车去三登装物资，巧得很，在路上碰上陈佑甫驾驶的小嘎斯开往前线。我很快换乘陈佑甫的车，看到轮胎被压得较瘪，前面坡并不太陡但车也有点吃力，我无意地问："这车装的什么？"陈佑甫聚精会神握紧方向盘，头也没转地说："喀秋莎。""喀秋莎炮弹？超载了？""多拉快跑。"此时，远处敌机扔下几颗炸弹，前方一片火海，陈佑甫急忙向左拐进一个掩体里。我爬上后车厢想看看这"喀秋莎"是个啥玩意儿，副驾驶小王在车厢上拉了我一把。乖乖！车厢里整整齐齐地排放着炮弹箱，每箱有一米多长。我试着抬了一下炮弹箱，哇！至少有100公斤，好重呀！我们三人就边说边观夜空。看见敌机转了一圈又飞回来，陈佑甫说："敌机在找新目标，没找到，白转一圈。"接着说："前面火还在燃烧，我们装的是弹药，冲过去有危险。"这种暂时躲避敌机追击，避免车辆、炮弹、人员损失，就是经验。

后半夜我们又行车，除绕开几个炸弹坑和在断桥下涉水过河外，一路有惊无险。转了几座山腰到西侧的山洼里，敌军用探照灯在我军阵地上空扫来扫去，我们被山体阻挡，根本就照不到。车进山间小坡，到达目的地，一位背挎步枪、身披白毛巾的战士在前引路，后续跟上好多辆小嘎斯，想必是源源不断送上弹药。

看到了，密密麻麻的树枝把"喀秋莎"埋没在烧焦的树枝间，天也渐渐发白，听到冷枪和爆炸声，已隐约可见炮兵战士手握发射栓。突然来了一个排的战士，三下五除二就把几部车的炮弹卸完了。天蒙蒙亮了，秋风掠过，杂草摇曳，突然天空发红，炮声隆隆，伪装潜伏在敌前沿阵地的我"喀秋莎"炮手和各种炮兵一起在凌晨发威，要在前方战士进攻之前，率先对美军阵地发动奇袭。战斗开始，炮声、枪声、飞机声、炸弹声奏出杂乱的交响曲，我头一次看到这双排多管"喀秋莎"火箭炮齐发，只几秒钟，16 条发射滑轨 16 条火龙齐飞，烟尘火光特别明显，甚为壮观。

据说这种苏联制造的多轨火箭炮（"喀秋莎"）能迅速地将大量炸药倾泻于目标地，特别适合打击暴露的密集敌有生力量集结地、野战工事及集群坦克火炮。由于这种火箭炮是自行滑射，因此也适合打击突然出现的敌军以及与对方进行炮战。

我"喀秋莎"发威

事后听人说：这次我三十八军突击 394.8 高地，动用了包括"喀秋莎"在内的共 300 门大炮，把美第七师两个营全部覆盖在弹群之下，毙伤敌 700 余人，首战告捷，打出了"喀秋莎"火箭炮兵的威风。一个被活捉的美军官甚至抗议说："你们共产党使用了原子弹！"

以后文化教员又教我们唱起战士们喜爱的浪漫歌曲——《喀秋莎之歌》：

> 正当梨花开遍了天涯，河上飘着柔曼的轻纱！
> 喀秋莎站在峻峭的岸上，歌声好像明媚的春光。
> ……
> 姑娘唱着美妙的歌曲，她在歌唱草原的雄鹰；
> 她在歌唱心爱的人儿，她还藏着爱人的书信。

……

啊这歌声姑娘的歌声，跟着光明的太阳飞去吧！

去向远方边疆的战士，把喀秋莎的问候转达。

驻守边疆年轻的战士，心中怀念遥远的姑娘；

勇敢战斗保卫祖国，喀秋莎爱情永远属于他。

……

2016 年在朋友家听到《喀秋莎》歌曲忆想

俘虏营里故事多

1953 年元旦刚过，连通讯员小沈接到家书说，其母知道朝鲜天寒地冻，怕湖南参军的他受不了严冬，特自制一双棉鞋和一顶加厚编织毛线帽托他表哥带到朝鲜交给他。他表哥是大学生参军的，能讲英语，被分配到碧潼俘虏营参加俘虏的管理和教育工作。东西带到后，小沈要到他表哥那儿去取。我曾听战友们讲过俘虏营里的笑话，得知小沈向指导员请假，也想借机去看看。指导员严肃地问我："你去干什么？"我嬉皮笑脸地回答："单兵外出不好吧，我陪陪小沈。"这理由显然站不住脚，我只好祝小沈路上多加小心。

我志愿军连续发动了五次声势浩大的战役，歼灭了敌军大量有生力量，也捕获了大批俘虏。这些俘虏有的当场释放，这是因为我后勤食物供应不上，战士都在缩食甚至饿着肚子，哪有食物给俘虏吃？随着我军节节胜利，俘虏的敌军越来越多，就要考虑俘虏兵安置问题。朝鲜战争的俘虏都是外国人，经与朝鲜人民军商量，南朝鲜的俘虏由人民军管辖，其他 16 国军由志愿军管理，一批又一批转运到后方的俘虏兵就安置在朝鲜碧潼郡 1951 年 4 月组建的战俘营。据我所知，碧潼战俘营三面环水，一面靠山，四周没有高墙和铁丝网，更没有"密布的电网"，靠近中朝边界仅 10 公里，离当时前线约 500 公里。山边仅有一条对外连接公路，战俘营里没有岗哨，只在这条公路口设有志愿军岗哨。

四天后，小沈带回一双蚌壳棉鞋和加厚黑色毛线帽，大家要他穿上鞋、戴上帽试试是否合适。这一换装，真是体现了"慈母手中线，游子身上衣"，小沈成了穿着军装的乡巴佬。不过战友们更喜欢听小沈讲俘虏营的故事。

话说：英军俘虏和美军俘虏长相一样，着装也差不多，最大区别是前者当了俘虏仍保持绅士风度，注意礼节礼貌。英军俘虏每天都修面刮胡子，宿舍内外收拾得整洁干净，讲究个人卫生，头发弄得光光的，没有垂头丧气的样子。发给他们灰色中山装和粗布白衬衫，英军俘虏总要把白衬衫领子翻在中山装外，显得整洁美观。而美军俘虏的白衬衫从不洗，穿脏了翻过来再穿。冬天都不洗脸，十分懒散，也不愿意干活。有一次两个英军俘虏拖架一个美军俘虏到江边，弄得美军俘虏嗷嗷叫，管理员还以为俘虏在打架，原来是强迫这个美军去洗脸。美国俘虏吃饭，喜欢把菜和汤倒在一起混着吃；英国俘虏就很讲究，菜是菜，汤是汤，规规矩矩地吃。

土耳其军俘虏大都是来自土耳其山区村庄的游牧民族，生活比较艰苦。他们第一次离开村庄和祖国，和美军盟友间存在宗教和文化差异。因为联合国军各国间语言不通，土耳其独立旅被我军伏击，共抓获了200多个土耳其俘虏。他们进战俘营后比较守规矩，对衣食住很少挑剔，但存在厌战思乡情绪，想家想得厉害

土耳其战俘自娱自乐（王奈庆摄）

时就钻进被窝里蒙头哭泣或者蹲在山沟僻静处号啕大哭。他们不公开发牢骚，更没有逃跑之心。

美军战俘特别自私，同伴间非常冷漠，有几次食堂给病号战俘做的病号饭要其他俘虏去送一下，多次半道就被送饭的战俘吃光了。有的同伴生病死了，其余战俘会迫不及待地把死者的手表、戒指等财物扒下来分了。有一个美军战俘患感冒咳嗽不止，同室的战俘不去关心也不向管教人员报告，深夜那个俘虏病情恶化，他们不顾他哀求挣扎，一起把他抬出门扔进雪地里，不久那战俘就被活活冻死。战俘营中白人、黑人战俘泾渭分明，白人讨厌黑人。有次白人战俘和黑人战俘一起在医院候诊，几个白人俘虏硬是把一个黑人俘虏赶走。白人和黑人更不能在一起烤火，我管教人员出面制止白人俘虏这类行为，这些白人俘虏当面老实，可管教人员一离开就旧病复发。

在战俘营里，美军战俘怕冷、怕劳动、怕死。刚到战俘营他们大多耷拉着脑袋，心情忧闷，因为美军宣传：当俘虏后要杀头的，不杀头也要被送到西伯利亚去劳动。其实美俘最怕的还是美军轰炸机狂轰滥炸，他们被吓得四处逃跑，有的甚至跑到厕所、猪圈、草堆里避难。敌机也确实炸死炸伤过一些战俘。

运动会的篮球赛（王奈庆摄）

听说1952年还组织过"战俘营奥林匹克运动会"，13个国家的俘虏都有参加，他们肤色不同，语言各异，完全称得上是一次国际性运动大会。整个运动会的策划、组织、裁判都是由俘虏自己推选的战俘做的，规则、奖品都是按照奥运会的模式设置的。所有运动器材，如高低杠、双杠等由俘虏自己伐木制造。其他如不同颜色的运动服、球类由战俘管理部门提供。有意思的是，美俘要求进行橄榄球比赛，翻译听得懂但从没听说过，我后勤人员对此没有概念，经过多方打听原来这是美国人爱好的一种运动，以后真的从香港买到橄榄球，满足了俘虏的期望。据讲：战俘奥运会选拔出来的选手达500多人。分别属于美、英、法、加、澳、菲、土、荷等13个国家。运动会项目广泛，内容丰富，有篮球、排球、垒球、田径、体操、拳击、摔跤、拔河、英式足球、美式橄榄球及技巧运动等。美俘喜爱篮球、橄榄球、棒球和拳击，英俘爱踢足球，土耳其战俘喜爱摔跤。有的美俘在国内就是出色的篮球运动员，一些有运动天赋的美国黑人"运动员"出尽了风头。这场特殊的"战俘营奥林匹克运动会"真是空前绝后。

虽是叫"战俘营"，但没有严加管制，食堂各种刀具如剃头刀、剪刀等大家都可取可用，俘虏有时还主动给志愿军管理人员理发。俘虏完全有通信自由，给他们信封、信纸，免费邮寄。来往信件不加限制，俘虏的来信有寄个人照、家庭照、汽车照的，还有寄口香糖、老婆的头发的，有的还在信末签名处抹上口红。俘虏接到家信特高兴还要炫耀，给这位看给那位看，有时他们也给我们志愿军管理人员看，分享他们的快乐。

对于擅长写作的战俘，俘管处还鼓励他们从事创作。俘管处每天都有英语广播，内容包括时事新闻和娱乐节目。对于那些犯了错误的战俘，采用教育沟通的方法，如果战俘犯的错误很大，也要关他的禁闭。一段时间之后，绝大部分战俘对中国的敌意都减少或消除了，有些人还与中国俘管人员成了好朋友。战俘和俘管人员有时还搞一些联欢活动，战俘教俘管人员跳踢踏舞，俘管人员则跟战俘一块儿学习《政治经济学》。这里已经不像是战俘营了，图书室、俱乐部活动室常常挤满了人，吹拉弹唱、打牌、下棋等，球场上有各种球类比赛，战俘营一天天走向校园化，变成了侧重于体育、音乐、美术活动的大学校。英国战俘文化程度普遍较高，喜欢读书看报，关心时政，还爱好探讨问题。

小沈还讲了好多，什么俘虏打架、逃跑、演戏，恶作剧也不少，已记不清了，只知道他那双蚌壳棉鞋和毛线帽后来送给房东阿妈妮了。

姑娘好像花儿一样

1956 年深受全国人民喜爱的电影《上甘岭》上映了，其主题歌《我的祖国》深受人民的喜爱，久唱不衰，风靡至今。歌曲原唱郭兰英一展歌喉，歌唱出祖国的灿烂与强盛，吐露出战士的胸怀与决心。那句"姑娘好像花儿一样"，是志愿军女战士的写照，也是对朝鲜姑娘的描述。

可不，就是有枝花把昏迷不醒、几天也不知道饿的龟缩在猫耳洞的我找到了。当时，我感到有人拉扯了一下我的盖衣问："同志，你想要点什么？"我微微睁眼说："有点饿。"有气没力又昏昏入睡。在擦黑的夜幕下根本没有看清这位女战友的脸，哪能欣赏这枝花？然而这位女护士对伤病员的责任心，显示出她的心灵比花还要美。这一情景虽是 70 多年前的事，却是挽救我生命，让我活到现在的一件大事，因此一听到郭兰英唱出这一句，我脑海中很自然就浮现出曾经在眼前一闪而过的这枝花。

朝鲜的冬雪早已退尽，5 月的太阳受人喜爱，它柔和的光线直射进满坡板栗树的小山腰。板栗树淡绿色的叶片呈椭圆形，在阳光下闪着光，萌出的新芽已蜕变成黄褐色，新枝与老枝间已露出夹杂着黄白或黄褐色的花丝。树下席地而坐着十来位战士，正在聚精会神地观看文艺小分队的演出。六班长说："这是朝鲜新溪郡文工团的。"与他相靠的小唐打断他说："不对，左边扎小辫子的那个女的是团卫生队的，去年我小腿被敌机炸弹碎片炸伤，开始并不觉得疼，还以为只是裤子破了，直到渗出血，你把我的裤脚剪开包扎后送团卫生队，就是这扎小辫的护士给我换了几天药。""是她？她调到宣传队去了？"

演出结束后，小唐拉上班长去见这位扎小辫的演员，小唐在她面前喊："小鬼，认得我吗？"小辫演员没好气地回他一句："你才是小鬼，你们都是小鬼，那么多小鬼，谁知道你是哪家的鬼。"小鬼，记得吧！你给我换药，为啥还用纱布把我的两条腿绑上？""小唐，是你呀！"小辫姑娘回忆有这么一次恶作剧，轻轻地一拳伸向小唐。小唐捂住胸口装着痛苦地说："你还打人！""小调皮，我那时要用脚铐把你铐住就好了，看你往哪里跑。"原来小唐一直惦记自己的小嘎斯想溜回连队，小辫姑娘不得不采取捆绑措施吓唬他。姑娘呀！有你们的出现，世界变得多彩，战地也变得多趣。六班长打趣说："都是小鬼，都是小调皮，调皮才显得可爱。"

前面的防空哨打着红旗，示意我们减慢车速。本想今夜有小雨路滑雨潭多，但敌机也不敢出动，倒是我们驾驶快跑的好时机。但美军昨天大白天沿着公路撒下几十公里长的四角钉，还是管道相互通气的那种，专扎汽车轮胎。这时，在汽车大灯的照射下，只见上百位朝鲜妇女冒雨弯腰在捡四角钉，有老妇，更多的是姑娘。我们看不清她们的面庞，然而她们是雨中之花，她们用双手为我军扫清通往前线的道路，她们的心灵比花还美，比花还亮。

1953 年 7 月朝鲜停战协定要在板门店签字，板门店一下子热闹起来了，各国记者云集于此，为抢镜头简直疯狂得不得了，尤其是西方记者，喜欢抢拍女兵的各种姿势。第一次面对如此多的外国记者，我军早就教育赴板门店

汽车三团的女战士 [左起:（前蹲）孙荣兰、杨家栋、程云清,（后立）杨大襄、李京淑、王喜云、王英、刘惠润]

的官兵要有大国风度、志愿军气魄。女战士军帽端正，腰带扎紧，个个都像花儿一样。一只小虫突然飞到一个女战士的脸上，西方记者正要抢拍，姑娘突然一转身，只抢到一个背影，那记者懊悔地用左手直捶自己臀部。

志愿军女战士，年轻的女军人，她们好像花儿一样，她们的心灵更像花儿一样美。

现在气象部门一发大雾预警信号，各高速公路就暂时封闭，机场停飞，轮渡停航。汽车驾驶员还要根据雾天行驶规定，采取预防措施，让汽车减少户外活动并尽快寻找安全停放区域停靠。然而70年前朝鲜战争中不仅没这规矩，还要反其道而行之。

一夜的行程，天渐渐地发白，大雾似从天而降，又似从谷而升。汇集到半空便如海潮，一阵接着一阵扑向平原、森林、田间、山谷，峰尖、屋宇、篱笆和草垛都蒙在一望无涯的洁白朦胧的轻纱薄绢里，显得缥缈、神秘、动荡，卷到这里又游到那边，或者袅袅升入天空，下沉地表。满山满谷稀薄、乳白的雾气，那样的深，那样的浓，像流动的浆液，时而翻动，时而追逐，好像也能把人浮飘起来。黏湿而冰冷的寒雾缓缓滚来，像纱幔一样轻轻飘浮。雾逐渐浓厚，遮掩了天，遮掩了地，什么都隐没在白茫茫的雾里。

雾，这么美！它是天然的覆盖物，又是天老爷给我们的隐蔽服。驾驶员开足大灯，是向敌机示威：看你敢来？一望无际的雾中车灯，像飘移的红点，沿着弯曲又起伏的钢铁运输线点移动。在雾海行驶，车速不敢太快，驾驶员有个口头禅："不怕慢，只怕站。"一堵、一修、一站，个把钟头就白白浪费掉，少跑几十公里，而在雾城下，悠闲自在地慢慢跑也快乐。

前面隐约可见一环形旋转的灯，越来越近，原来是防空哨兵用手电筒向我们打招呼。走近一瞧，那架在石头上的半截汽油桶改装的开水锅热气腾腾，蒸汽直往上冒。路旁临时开辟的碎石地里停放了10多部货车，驾驶员往随身携带的小搪瓷杯里倒上炒面，在开水锅旁排队等开水冲炒面，权充一夜未吃的早餐。这恐怕是现代高速路服务区的雏形。

　　志愿军汽车兵最喜欢大雾天，在这天然掩护下，驾驶员连夜一开就是十几个到二十几个小时，直到云开雾散，开进伪装棚，才感到肚皮叫饿。

　　70年后，回忆那天苍苍、雾茫茫的大雾天，还是难忘的美的享受。

2018年11月28日至12月21日在泰康申园
阳台上远眺大雾中开灯行驶的汽车有感

　　半夜在三登仓库装好弹药，已有密密麻麻的小雨点打在身上，我和小孙赶紧分工，他在车上把油布拉开铺平，我用麻绳一段段把油布与车厢的挂钩扎紧。两人的解放帽和单军衣早已被淋湿，好在年轻，热气旺盛，靠皮肤散发的热气也能把衣服烘干。

　　当时正下着雨，美军还没有全天候飞机，敌机不会出来，这是我们大显身手的好时机。开上大灯才走出20多公里，暴雨泼来，雨刷不停地摇摆，也刮不断落下的雨帘。我们双眼瞪得大大的，似乎要望穿这模糊的前挡玻璃。雨敲打车门、油布的冲击声，好似敌机扔蝴蝶弹的落地声，已见怪不怪了。

　　天微微发亮，是就地找掩体伪装休息，还是借此大好时机继续雨中行驶？毫无疑问，这雨中良机哪能错过！又行驶了一段时，前面几部车车速渐慢，雨中已见防空哨旁用树杈顶起的油布棚，我车靠近停下后，我和小孙也挤进这不足3平方米的油布棚下，南来北往的驾驶员和防空哨兵正在叽里呱啦地交流最新情况。北往的兵对南来的兵说：大约前面10公里山坳拐弯处，我们刚过就听到轰隆声，估计有山体滑坡。因为大雨把储备的木柴都淋湿了，没有开水供应，防空哨兵一再请战友们谅解。大家都挤在这里，除了捞到点新情况外，久待也没意思。我和小孙回头上车，工具箱里还有几根胡萝卜，接点雨水，这两样交叉往嘴里送，也一样塞饱肚子。

　　雨还在哗啦啦地下，那雨水把大大小小的坑填满，让人分不清深浅，遇到浅坑车子跳几跳就过去了，遇到深坑就倒霉了，车子陷进去就出不来了。我们小心翼翼地不敢放开手脚开，否则坑坑洼洼的路面会把我们当成皮球上下颠簸。那雨水拌和沙土混合成了泥浆，随着旋转的车轮涂满车身，要是大白天，这涂满泥浆的车身就是隐形车了。

车队前行中，一辆中道吉车歪在大水坑里，这位赶路的驾驶员也许是位新手，没开过大雨天的战场路。绕过炸弹坑进入水约半尺深的临时便道，有工兵同志一边冒雨抢修山体滑坡，一边指挥来往车辆分次分批从刚铺好不到两米宽的沙石路上通过，也是在战争中学习战争。反正大雨天敌机不敢来，大家就能从从容容地向前开。

晌午，我们已跑出百多公里，又遇到一左后轮陷进水坑里的歪斜的车，无论它的右后轮怎样使劲地"纺线"（原地飞转不挪动），整车还是纹丝不动。前后车上的战友纷纷冒雨下车，小孙还下到水坑，大家齐心合力总算把车左轮推出水坑。所有的战士满脸满身都是泥浆，小孙这泥人哪能跨进驾驶室，干脆站在路旁大石头上，从头到脚让倾盆大雨淋了个透，冲洗身上的泥浆。

傍晚，我们已经16个小时没合眼，几辆车已进入前沿，发狂的暴雨也许感到疲乏，雨点渐渐稀少。突然震耳欲聋的一串轰鸣，一排炮弹落在车前方右边沟里，飞起的泥巴将挡风玻璃糊住。小孙飞速下车擦净玻璃，我伸出头加速冲过去，怕第二串炮弹跟踪而来。很快转到左边丘状小山后，这是前沿的转运站，两人才松了一口气。

雾天、雨天是我们汽车兵的天下，晚上白天都能跑，哪怕24小时不睡觉，总比白天猫在防空洞里有成就感，对此我们已经司空见惯、习以为常了。确切地讲：雾天比雨天好，我们对雨天是既讨厌又欢喜。讨厌它，是因为它无情地淋个不停，身上湿透不说，还填平水坑让我们受骗；欢喜它，是因为它为我们抵挡了敌机的干扰。在我们感到困倦揉揉熬红的双眼时，只要打开车窗把头伸出去接受雨水的洗礼，头脑马上就清醒，继续向前。

2018 年屋外大雨有感

抗美援朝汽车兵有几样必须携带的工具，我觉得应该忘掉它们，列举如下：

1. 靠嘴吸的导管

这导管是加油管道，有 3 ～ 4 厘米粗，这可不是埋在城市地下的各种管道，而是像如今加油站的加油管道。战场上没有自动加油站，但每部车上至少要备 150 公斤的一桶汽油，这油怎么加到油箱里呢？就是靠这根 4 ～ 5 米长的橡皮管，一头插在油桶里，另一头含在嘴巴里，靠嘴吸，现在知道是虹吸原理。运气好也就是掌握得好的话，汽油吸上来时马上插进油箱里，仅仅闻点汽油味；运气不好的话，汽油吸进嘴巴里，再吐出来，整个嘴唇都发白。更倒霉的是，有时一呛就喝上两口，大家打趣地说，这是清洗肠胃，因为汽油特别能洗油腻。当时大家都不懂汽油里面加有有毒的抗爆剂四乙基铅，现在不用它了，改用一种醚类化合物做抗爆剂。如今的汽车驾驶员还会喝汽油吗？

2. 必须携带的水桶或脸盆

入朝初期，每辆汽车至少要备一个能淘水、盛水的物品，因为当时汽车水箱是靠水来冷却。朝鲜冬季零下二三十摄氏度，白天汽车开进伪装的掩体，必须把水箱的水放干净后还要空转发动机几分钟，利用发动机生热把残余水烘干后才能去休息。假如水箱的水不放掉并烘干，水在低温时结冰膨胀，会使发动机受胀爆裂而损坏。天黑前又必须去破冰取水，将水慢慢加入已预热的水箱。这取水、淘水、盛水必须要用的器具是什么，大家就明白了。随着国内供应的改善，半年后为我们提供了冷冻液，用它取代水冷却水箱。当时传说冷冻液是酒精，个别解放过来的驾驶员酒兴发作，就把冷冻液当酒喝，还说有点甜，连部发现后及时制止。以后知道冷冻液的主要成分是乙二醇，会引起慢性中毒，当时无知，让不该发生的事发生了。

3. 摇手柄（又叫启动爪）

嘎斯 -51 车前保险架正中都有一个中间穿有唇形口的小铁架，以前的汽车以及初期国产解放牌汽车也有此小铁架，21 世纪的人们可能都不知道这是什么玩意儿。

现在汽车是通过车上的蓄电池供电启动，先启动电机从而带动发动机飞轮转动。当蓄电池电力不足时就无法启动，这时需借用外力如众人推车点火、自然下坡挂挡冲燃，摩托车可以用脚踩飞轮启动。然而 70年前车上都备有一种"摇手柄"，它是一种头部带有两个小耳朵、弯成反 Z 形的约两厘米粗的铁棍（如右图）。将带小耳朵的一头穿过保

摇手柄

险架当中唇形小铁架口直插发动机肚脐眼，副驾驶用力摇动手柄，逐渐加速带动发动机飞轮转动，一般摇到第 9 ～ 12 圈时，提供的旋转力促使发动机启动点火。看似简单的活，在那时可是个技术体力活，一手握着摇手柄，一手把着拖车钩，用足吃奶的力气玩命地摇，摇到车发动为止。经常有战友被摇手柄反弹砸伤，还有一次驾驶员没挂空挡而是挂的倒车挡，好几位战友轮换都摇不动，最后找来两个大力士一起摇，车突然向后倒退了一下，熄火停住。好险呀！要是挂的前进挡，后果不敢设想。

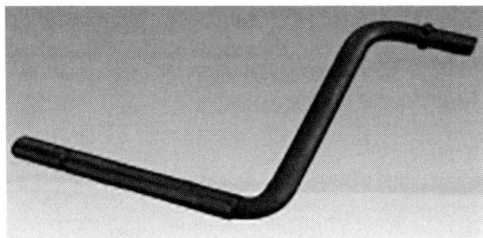

4. 汽车也要烤火

11 月，朝鲜东北部的崇山峻岭上已盖了几尺厚的积雪。天亮前战士们有时找不到合适的宿营地，就搜集一些枯枝铺在刮去雪的大石块上，垫上麻袋，用树枝撑起油布，两人就挤在棉大衣里睡觉。外面的狂风刮得油布呼呼响，

大块的积雪抖落在大衣上，有时冻得人直咬牙跺脚。东北籍战友有防冻的土办法，他们把玉米壳撕成条，用手使劲搓柔软后用来裹脚，就像新棉鞋一样暖和，这一方法很快在全连推广。天寒地冻，汽车各种机油、黄油也受冻凝固，出车前得捡点树枝、树叶塞进车底，浇上点汽油点火，让冰冷的汽车也烤烤火。说起来容易，其实没那么简单，潮湿的树枝在汽油助燃下要冒浓烟，很容易被敌机发现，那燃烧的火光也是敌机寻找的目标，怎么办？战士们事先要选择时间，观察地形，用麻袋、油毡布甚至土块、石堆围住车底盘，尽量不漏光，然后爬进车底在烟雾弥漫熏眼下不住地用大树叶扇火，尽快加热又尽快散烟。十几分钟后机油化了，再发动汽车就容易多了。这种给汽车烤火的方式现在还有吗？

他为什么要自伤？

1951 年 9 月底，我连有 10 多部车辆分两次运送弹药到天德山某高地脚下。天德山在"三八线"附近的崇山峻岭间，位于铁原以西，临津江东岸，紧挨开城，北上至平壤 400 余公里，南下至汉城仅 20 余公里。它紧紧控制着从铁原到汉城的交通要道，就像一把锋利的尖刀直刺敌人的咽喉，也是敌人必争之地。美军发动"秋季攻势"，首先要夺取上述战略要点，我一四一师某部五连阻击战连续战斗四昼夜，敌人攻势均被我前沿五连以英勇善战、血肉之躯给予回击。天亮前我汽车卸下弹药隐蔽在汽车掩体里，震耳欲聋的爆炸声、呛喉浓浓的火药味，也得坚持在这里，这就是战场。

跑了一夜的车我们也没感到睡意，只见一片火海，把半边天照得通红。不时从山头背下、抬下一些重伤员，我们也帮助战地卫生员扶持伤员，包扎伤口。听伤员讲述，这场战役打得极为惨烈，发动进攻的是美军的王牌美骑一师，天刚亮就集中飞机、重炮、坦克、燃烧弹疯狂进行多次反扑，每天都轮番攻击数十次。好在天德山主峰上有一个高十余米的大石头，我方在这个大石头下深挖了一个大洞，洞里可藏 15～20 位战士。洞口有 3 个，分别开在大石头的左、中、右三个方向。洞内通道足有 1 米多宽，2 米来高，我们利用这个坑道和敌人拼杀，运送弹药、武器、食物，护送伤员。敌人久攻不下，恼羞成怒，竟然向我阵地发射一种散发难闻怪味的炮弹。此时风向突然大转，开始从北向南猛吹，此难闻的气味很快被吹回到敌方阵地，后来分析这是敌人无计可施施放的毒气弹。

黄昏时敌人停止进攻，所有的山树、野草、敌尸都被凝固汽油弹和火焰喷射器烧得焦味四散，白天血肉横飞的战场入夜寂静得让人顿觉恐怖，月光下，除了散布在山坡上被毁武器的微弱反光，就是伤兵微弱的呼喊声。此时随意抓一把泥土，从焦黄的黑土中也闻得出血腥味。

入夜，也是我运输部队发威的时候。前方战士轻伤不下火线，坚守战壕，回程车上拉的都是重伤员，有脚不能动的，有断手的，有肠子流出硬往里塞的。有的闷头昏睡，有的轻声呼叫，头脑还清醒的则向我们讲述战友牺牲那难忘的细节。我拿出随车带的薄棉被垫在硬板车厢底部，好让伤员躺倒舒服一点。又开了一程，我在一小户人家借了几捆稻草垫在棉被底层，好让伤员更舒服一点。半夜在野战医院，护士赶来把伤员一个个抬下或扶下。送走了重伤员，我的心久久不能平静，回程路上又见路边几部被敌机击毁燃烧的汽车，为了这"打不断、炸不烂"的钢铁运输线，志愿军后方的战士共同用血肉筑成我们新的长城。

天亮以后，我们几部车赶回连队，刚糊弄地塞满肚子要入睡，忽闻东头一闷枪声，不像敌机袭击，是试枪还是枪走火？司空见惯。不久传来消息，是四班上月分到我连的新战士擦枪时子弹走火，不幸击伤自己左手，打断两根手指。指导员忙让卫生员给予包扎后准备送野战医院进一步治疗。连长赶到走火的战士身旁，拿起走火的三八马枪，闻了闻枪口的火药味，比画了一下走火姿态，把枪递给新战士很严肃地问："周志新（这儿用化名），你重新比画一下，怎样擦枪、怎样走火的。"小周怎么也重复不出来枪走火的姿态。连长进一步追问："擦枪的布在哪里？"小周支支吾吾地回答不上来。连长已判断出不是走火，而是自伤，于是转向一旁命令道："四班长，把小周押送禁闭室，关押三天反省。"指导员要卫生员对小周伤口进行重新消毒包扎，并说："四班长，解下小周的皮带和鞋带，给他一支短铅笔和几张纸。"然后转向小周说："在禁闭室好好反省，深刻挖出自伤根源，认错。"其实禁闭室只是比猫耳洞大一点的防空洞，立不起身，洞底铺上稻草，给他一块小石板好垫在双腿上写交代材料。

几天后，在山坡树林间，小周痛哭流涕地照写好的草稿在全连五六十人的大会上作深刻检讨并认罪。他中农家庭出身，贪生怕死，革命意志不坚，特别是两次送弹药到天德山，看到死亡、负伤的战友心里害怕，心想与其被炸死，不如狠狠心把自己的手打伤，好脱离这危险的地方。小周检讨认罪中，会场上不时呼喊口号："打倒美帝国主义""美帝必败，志愿军必胜""以血还血，为烈士们报仇"，等等。指导员从剖析小周自伤事件的根源出发，讲了我们入朝半年多来取得的胜利，是无数英雄烈士用血肉之躯阻挡敌人的侵略，为保证祖国人民安定祥和的生活筑起一道铜墙铁壁，由此进行了一场革命英雄主义的教育，激发了战士们更加做好做细本职工作的决心。

最后零碎消息：小周被送回国回家，虽然他对错误有了深刻认识，但这一历史污点，将永远不能从他头脑中抹去。

2019 年 3 月与战友通话聊起

抗日战争和解放战争时期我部队行军的每次胜利，不论白山黑水还是天涯海角，都是靠两只脚走出来的。打过长江去，更是靠打了绑腿的双腿在追击中迅速解放全国大片土地。我就看见三十八军的战士全部打上绑腿与我汽车部队并肩前进，我们称他们为"绑腿、铁脚、飞毛腿"。

为什么以前的八路军、新四军、解放军要打绑腿？这是因为战士在长期行军中，双腿要持续快速交换，血液会聚集到下肢导致腿部发热、充血、肿胀，继而发生剧烈疼痛，有的还会引发疾病，严重时甚至无法行走，使行军的速度变慢而延误战斗。打绑腿会大大缓解血液向下流动从而减少腿部充血，提高行军的速度与战斗的效率。部队常常在杂草、刺枝、山石间行军，绑腿还能起到保护的作用，有时绑腿还能当绳索使用。

然而在抗美援朝时，同样志愿军三十八军战士们却放弃了打绑腿这一习惯。是志愿军的武器装备变好了，还是运输工具变多了？都不是。抗日战争和解放战争主要是平面作战，朝鲜战争却是立体战争，作战环境不同。战争头一年美军完全控制了制空权，天空掉下这个弹、抛下那个弹，杀伤力都很强。比如说，美军惯用的燃烧弹，如果身上被粘上一点燃烧弹的火，不管用什么方法，比如用水、沙都很难使火熄灭，最快最有效的方法就是马上把着火的那部分服装脱掉。这就是志愿军不用绑腿的原因。我们的陆军大部队同样要在羊肠小道，在杂草、刺枝、山石间行军，而且白天敌机狂轰滥炸，只能晚上摸黑行军。穿越原始森林，脚下荆棘密布，还经常在悬崖峭壁攀越，成千上万的铁血男儿默默地前行，全靠自身钢铁般的意志去克服长途行军带来的伤痛。

以后，解放军装备大踏步地发展，机械化部队的建设，海、空输送能力的快速提高，使绑腿的功绩只能在历史战争片中再现。

1950 年 10 月 19 日，应朝鲜党和政府请求，中国人民志愿军赴朝参战。那时新中国百废待兴，军队所有装备武器、服装、食物与美军相差十万八千里。

志愿军进入朝鲜时已是寒冷季节，战士着的还是去掉各种标志的单薄军服，腰挂手榴弹，身背杂牌枪，米袋披肩上，脚穿胶布鞋，打仗、追击、转移全靠两条腿跑，天空被敌机控制和封锁，后方的补给线时常被炸断，战争所需物资跟不上，战士们真正体验到什么叫饥寒交迫。《游击队之歌》在这里也很应景，"……没有吃没有穿，自有那敌人送上前；没有枪没有炮，敌人给我们造……"在这极其艰苦的条件下，只好从被击溃的敌人仓库缴获食品，从敌尸身上搜集给养。

听一位赶路同行的战友讲：有一次追击战我军围歼了美军一个班，在我枪口逼迫下，美国兵个个丢下枪支举手投降。我们怕他们身上还有小型武器，就用手势示意他们把裤兜、衣兜里的东西掏出来。俘虏面面相觑后，其中一个美国兵似乎明白了意思，他迅速脱下头盔丢在地上，掏空衣服口袋，甩出几张照片、几捆"小炸药包"和几个方铁小罐，其他俘虏兵照葫芦画瓢，也丢出一大堆。经战士们检点，照片多为老人、妇女和小孩照，推测照片上的人是俘虏的父母、妻子或儿女。战士用手比画，要俘虏自己把照片捡回去。但那些"小炸药包"、方铁小罐战士们没见过，上面的外文也看不懂，这要是爆炸了那不就同归于尽了吗？一位小战士怕它们爆炸，捡起几个像甩手榴弹那样甩得远远的。一个美国大兵急了，连忙捡起一个"小炸药包"剥开外皮塞进嘴里。战士们大吃一惊，这要是炸开了怎么办？谁知这俘虏慢慢地咀嚼，还睁开大眼对着我们笑，我们才明白这不是炸药。另一个俘虏也捡起一个剥开来吃，还一边给我们做鬼脸一边不断地喊：超可里特、超可里特（巧克力）。我们的一位战士捡起来舔了舔，觉得甜甜的，是可以吃的。这次追击战追得太快，我们后方补给跟不上，已断粮两天，战士们饿得头昏眼花。看到俘虏表示这个能吃，战士们才放心大胆地尝了几包，吃完后有的战士顿觉体能恢复、精神大振。事后听上海兵讲，这"炸药包"里装的就是巧克力，方铁小罐是肉罐头，都是营养补充剂。哈哈！吃上营养补充剂的美军还是向饿着肚子的志愿军举手投降，多么强烈的对照！

在五连的加油站，从驾驶员的相互交谈中还听到各种战利品的笑话。有的说：缴获的鸡蛋粉，战士们以为是农民的农药硫黄粉，不敢吃；缴获的成包白砂糖和速溶饮料粉，战士们以为是砒霜，是帝国主义留下毒害我们的，也不敢吃；鸭毛被套战士们不敢用，怕钻进被套被套牢了，一旦紧急集合或要大小便根本来不及爬出来；军靴虽保暖、透气，但穿上跑不动也不好脱，哪有我们战士双脚跑得快。这些洋玩意儿我们不敢用也用不来。战士们在了解了美军供应的各种食品和饮料后笑谈：美军生活这么腐败，怎么能出来打仗？

还记得一次在团部碰到一连的老乡小吴，他高兴地对我说："前天分了一盒战利品牛肉罐头，据说是前方缴获了几车美军罐头，为感谢后方部队对他们的后勤支援转送给我们的。"闻听此言，我打趣地说："你不能一个人吃，能不能让我们卫生队的战友每人都尝一口？"虽是开玩笑，但入朝一年多来确实没见过牛肉，口里尝不到，看看过过瘾、见识见识也好。小吴倒很爽快地回答："好呀！你什么时候到我们连来拿好了。"还加了一句说："我到二班，看见二班长开了一盒分给全班，每人一口，我也沾了光，可好吃呢！"经他一说，我口水都快流出来了。回到卫生队我向队友说出这喜讯，战友都催我快去一连拿牛肉罐头。

过了几天我搭了顺便车到了一连，刚下车我就被惊吓住了。只

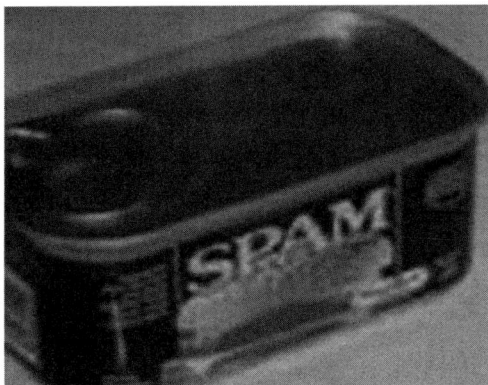

美军的斯帕姆（SPAM）午餐肉罐头

见战士们都忙着抢救，白花花的雪地上鲜血淋漓，刚刚被美国敌机炸断的战友胳膊与身体分离，头皮被炸飞，腿脚四散，尸体血肉模糊。朝鲜民宅也被炸得千疮百孔，有的房主阿爸基和阿妈妮也被炸死了。在几位死伤的战友间，我看到挂在树枝上的一块军衣碎片上别有一个和平鸽胸章，这正是我在团部碰见小吴战友胸前戴的那个和平鸽胸章呀！这意味着小吴已经牺牲了。现场惨不忍睹，我只顾抢救伤员，当我找到小吴的遗体，我的腿一软，很自然地就顺势跪下了，满脸泪水，什么话也讲不出来，只是默默地擦干净他脸上的血迹。包扎和送走了伤员，擦干净和掩埋了遗体，我的心情像从美丽的山顶一下跌落到黑暗的深渊。欢欢喜喜地去取战利品，却两手空空地回到卫生队，太伤感、太悲痛，好几天我都脱不开这阴影，好几夜我都在做噩梦。这一幕令我终生难忘，每每一聊到那场战争，想到小吴，我双眼就湿润模糊。战争是那么的残酷，我们今天能在和平的环境下享受幸福的生活是多么的宝贵，和平来之不易呀！永远忘不掉那千千万万革命战士用血肉筑成新的长城。

2018 年 12 月 26 日根据程云清战友回忆整理

手机、电视、微信、视频……这种千里眼、顺风耳在新时代已不稀奇。谁能想象 70 年前解放军、志愿军的千里眼、顺风耳是个什么样？那时的千里眼是部队首长和侦察兵使用的望远镜，顺风耳是沿路铺设的电线、手摇电话机。

入朝初期，据讲志愿军大机关才有短波电台、无线电通信机和步话机。后勤基层就是借助原始落后的有线电话机来保障通信，通信器材数量少、质量差、型号杂，通信保障力量非常薄弱，基层部队甚至靠通讯员跑步到各单位传达上级的口头或文字命令，后来也有通讯员乘车去传达命令。基层部队之间主要通过拉电线、简易通信、摇旗信号进行联络，甚至用冲锋号、集合号、防空号来指挥作战行动。

我们三团团部各机关与分散在各山沟的连队，开始就是靠通讯员徒步翻山越岭送军情、送报告。我五连文书被炸身亡，我接文书的班以后，也多次跑腿当通讯员。每月的政治工作汇报、武器弹药损耗、人员伤亡和补充报告等都是靠两条腿传送。有一次我曾带上几块压缩饼干、一壶泉水，背上小马枪，连走带小跑，白天躲过敌机封杀，翻过几座山腰，爬过被炸毁的大桥，蹚过几条小溪，走在羊肠小道上，边玩边哼，遇上石坎就跳过去。从太阳刚升起到太阳落山，来回足有百公里，还不时用溪水洗洗脸，欣赏山间野花，青山绿水、蓝天白云。好快乐、好自在，那是青春的奔放，现在回忆起来还能感受到当时美滋滋的心情。那天回到驻地才直觉两腿发酸，略感腿肿，但并不感到太累，可第二天一觉醒来，脚底小泡变大泡，小腿肿成馒头状，酸痛直搅心窝。这百公里来回的唯一经历，让我深深体会到我军大部队负重急行军的辛苦与艰难。

记得一次短途送情报，白天到兄弟连队联系一些事，为了伪装自己，迷惑敌机，我将软树枝扎戴在军帽上，避开公路，顺山林间小道连走带爬。巧得很，碰上一起参军在团部电话班的小严等三个电话兵，正在小道旁边的杂草间检查电话线路。原来团参谋处通往一连的电话线断了，他们仨背着线圈、手摇电话机，带着水壶、剪刀、钳子、手电筒等工具，冒着敌机临空的危险，在丛林、山头、河流、深谷、小溪间牵摸电话线，查找断裂处。据他们讲：有时候前脚刚刚修好炸断的电话线，一会儿工夫又被炸断，没日没夜地连轴转是常有的事。晚上万不得已是不用手电筒的，有一次夜间查线，小严感觉小腿被咬了，打开手电筒一瞧是一条蛇，它看到灯光窜逃了。好在咬得不深，包扎后继续一瘸一拐地检查线路，幸运的是，一个星期后伤口逐渐好了，看来不是毒蛇。

电话兵的工作是非常危险的，经常要冒着枪林弹雨往返穿行于前、后方指挥部之间惊险的路段。步兵部队作战时，通往前沿阵地的野战电话线时常会被敌人的炮火打断，需要电话班派人去查线，并把损坏的线路重新接通，在查线或修复线路过程中战士伤亡的情况时有发生。

当时志愿军政治部印刷出版的《志愿军一日》杂志曾报道说：战场前线的电话班更辛苦，他们要保证上下级及高地与高地兄弟部队之间的电话畅通，在执行巡查接线任务时要携带一捆备用电话线，每人要带上三颗手榴弹、一支冲锋枪，还有铁钳子、电工刀和器材装备，横贯公路、河流、山岭、壕沟。遇上雨季，全身湿透，在泥泞不堪的交通壕内紧张地接线，用电话机与各部指挥所进行试机联系，常有炮弹在附近爆炸。为了抢时间，他们摸着断线就接，接好一处马上隐蔽在弹坑里试机。别的战士还能躲避一会儿敌人的炸弹，电话班的战士却一刻也不能等。哪里爆炸最激烈，他们偏偏要往哪里跑，工作的艰辛和危险程度可想而知。以至于

汽车三团陈盛光同志用电话报喜讯

有的战士想出一些令常人感觉不可思议的办法：为了更快找到炸断的电话线，他们不是躲避敌人的狂轰滥炸，而是毫不畏惧地闯进火海中！他们跳进爆炸后形成的弹坑里，炮火稍稍减弱就爬出来，拉起电话线一步步检查哪里被炸断。许多时候，电话线实在被炸得难以修复了，他们还要背起几百米、上千米的沉重的电话线圈，重新拉线铺设。一些电话查线员在敌人的炮火中牺牲，查线员全身被划破也是家常便饭。我们的电话兵、查线员也在硝烟弥漫的炮火下坚持成长。

抗美援朝战场情况变化快，以美国为首的"联合国军"以摧毁和阻断志愿军通信联络为重要作战手段，在"工厂即战场，机器即枪炮"的战斗口号号召下，坚强的后盾——祖国夜以继日地为志愿军生产军需用品、武器弹药，保证前线的供应。对志愿军通信设施边保障、边提高、边供应、边发展，国内自主研制无线电通信设备，军用无线电通信设备先装备到军师之间，再装备到师团之间、团营之间，最后超短波步谈机才装备到营连之间，有线电通信仍是重要的通信手段。

2019 年 5 月 15 日

用步枪打下敌机的赵宝印

中国人民革命军事博物馆里珍藏着一支普通的三〇步枪，它曾创下了步枪家族史上的一个奇迹——打下了一架敌机，而敢于用步枪打落敌机的英雄，就是我汽车三团二连荣立一等功的青年团员赵宝印同志。

那是1951年3月的一天清晨，天渐发白，赵宝印与战友曹新仁驾驶着一辆装满弹药的嘎斯-51汽车朝前线赶路，行至新溪郡石边村时被敌机发现。没想到今天敌机来得这么早，只见8架敌机贴着树梢作超低空飞行，并对地面进行疯狂扫射。汽车兵没有防空武器，一旦遇上美军空袭，即便被炸伤亡惨重，也无法主动还击，只能隐藏。赵宝印飞快地将汽车开进树林里，用黑松树枝把汽车伪装好才躲进防空洞内。面对气焰嚣张的敌机，赵宝印想起了在敌机轰炸中伤亡的战友和朝鲜老乡，不由得义愤填膺，恨不得把敌机打个稀巴烂。义愤归义愤，又不敢打，因为一旦主动还击，不但打不下飞机，反而会暴露目标，让美军飞机的轰炸变本加厉。之前就有这样的教训：曾开枪没把敌机打下来，反而引起数批敌机轮番轰炸和扫射，使我兵站囤积物资遭受重大损失。因此在抗美援朝前期，上级有交代，如果遇上美军飞机轰炸，任何战士未经允许不得向敌机开枪。军令如山，汽车兵只好忍气吞声。今天可恨的敌机转过头朝趁

三〇步枪

早在河边取水的朝鲜大嫂又是一梭子，实在是欺人太甚。

突然，赵宝印冲着曹新仁大声喊道："把枪给我！"曹新仁一愣，不解地把手中的三〇步枪递给他。赵宝印持枪冲出防空洞，依托防空洞口的老榆树，瞄准迎面飞来的敌机群连开了数枪。跟着跑出来的曹新仁接过枪来，换了弹匣又连打几枪。此时，只听见有架敌机发出一种异常的声音向对面山顶飞去，不久就冒烟下落。美军搞不清我方到底有多少支枪，有没有重武器，因此在遭到攻击后，以为是我高射炮发威，不敢还击，另几架敌机眼见伙伴被击落，就一溜烟逃跑了。

一切平静以后，赵宝印和曹新仁一面为刚刚经历的战斗激动不已，一面又隐约有些担忧，虽然没有人员伤亡，但却违反了军法。他们正准备再回防空洞休息时，对面山上跑来几名朝鲜人民军战士。"你们打美国飞机了吗？"其中一名人民军战士用半生不熟的汉语问，"刚才有一架敌机被打中了，就掉在对面山上了。"曹新仁一下子愣住了，不敢回应，赵宝印也有些担心，毕竟违反军令，但好汉做事好汉当，他大胆承认："是我们打的。"朝鲜士兵握住他们两个人的手，激动地说道："打得好！你们打掉了一架敌机！"赵宝印听到这消息又惊又喜，马上跟随人民军战士跑到几里外的河滩上，看见美军飞机残骸还在冒着呛人的浓烟。春风吹散了浓烟，只见飞机残骸油箱上有个窟窿，像是枪眼，敌机飞行员来不及跳伞，被烧死在驾驶舱里。

以后经三团参谋反复现场勘查分析，确认这架敌机是赵宝印和曹新仁打下的，于是，用步枪击落敌机的消息一下子就在前线传开了。1951 年 7 月，中国人民志愿军后勤政治部根据赵宝印和曹新仁入朝以来的表现和打下敌机的壮举，为他俩各记一等功，全团为他们召开了表彰会。赵宝印和曹新仁开创了朝鲜战场上首次用步枪击落轰炸机的先例，虽然两人违反了军法，但因没有造成人员伤亡，也极大地鼓舞了我军士气，因此给予了嘉奖，没有处分。而且从赵宝印击落美军飞机开始，志愿军也开始打破规定，不再一刀切，鼓励各部在条件允许的情况下，用步枪射击美军飞机，之后志愿军相继击伤击落多架敌机。从此，美军飞机再也不敢像以前那样嚣张，低空飞行了。

当年不是对所有的敌机都能射击，而是要区别对待。遇到敌人的轰炸机就不可以随便射击；侦察机攻击性不强，如果不打掉的话，一旦敌人侦察成功，部队容易陷入被动。所以要因机而异。

20多年前，记者在采访生活在辽宁省抚顺市新宾满族自治县永陵镇的赵宝印老人时，老人语重心长地说："作为一名中华儿女，能为保卫自己的祖国作出贡献，我感到无比光荣。我想告诉后人，再强大的敌人都不可怕，只要我们英勇

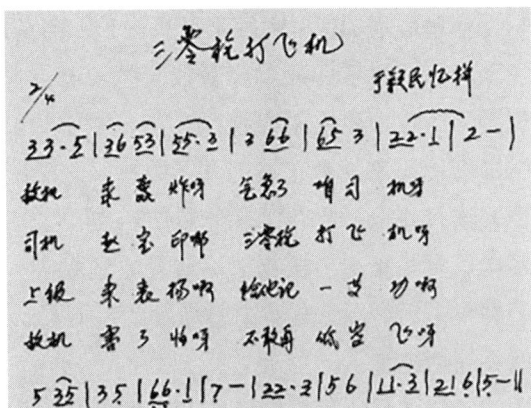

歌曲《三〇枪打飞机》

作战，就能够把他们给打垮。"当时赵宝印还保留着"三件宝"：在朝鲜战场上使用过的军用水壶、腰带和那个印有"最可爱的人"字样的搪瓷茶缸。他说："看到这些，我就会想起那场战争，永远铭记那段历史。"

　　五连有一位胖战友叫周永生，战友都叫他"水牛"，他是连里的铁匠员。没听说过吧？连队还有铁匠员的编制。抗美援朝战争时期，朝鲜的公路连乡村小路也不如，路窄到能相互错车就算不错了，而钻入地下的定时炸弹在路面上留下直径约 15 厘米的小坑，挖又挖不出，碰又不敢碰，汽车只好从沟边单向绕过。往往路当中出现一个大炸弹坑，前面的车过不去，后面陆陆续续就会堵上一公里。战士们一起把附近被炸毁的车推进大坑里，用随车带的锹、铲往坑里填石头、填土。多留一分钟就多一分危险，马马虎虎能开过去就行。这种高高低低、坑坑洼洼的路面，虽然也有朝鲜阿姊妈妮（朝语：大嫂）头顶碎石不断填补，但也只能将就。走这种路面车的钢板特别容易断，换装钢板是件费力的事，而没有钢板更换更是令驾驶员头疼的事。连长不得不请"水牛"和另外两位战士在一个天然山洞里组建铁匠组，专门修整断裂的钢板和镐头。

　　周水牛他们从火炉里钳出一块烧得通红的钢板，你来我往地吆喝："第一锤呀！美帝叫。第二锤呀！美喊痛。第三锤呀！美要哭。第四锤呀！美军崩。"这山洞里传出打铁号子声天长日久，战友们来到洞口也会帮腔喊，甚至抢起大锤练练力气。

　　"水牛"参军前就是打铁好手，这回他自烧木炭，自装风箱，自力更生干起来了，山洞铁匠组俨然解放初期小城镇的铁匠铺。上海东方明珠底层上海城市历史发展陈列馆中，有一个雕塑再现了 20 世纪的这一历史景观。看到那火红的炭火、高举的手臂、满额的汗水，我就想起周水牛。70 多年过去了，水牛！你在哪里？如果你能来上海，我一定牵扶着你这位 90 多岁的老者，去东方明珠，去看那类似你的形象。

随着被炸被毁的车辆越来越多，修补车辆的零部件开始供应不上，修理班再扩大组建拾荒组。拾荒组 2～3 个人带上工具沿途寻找被炸毁的车辆，除底盘太大太长无法搬运外，把尚可使用的引擎（以前对发动机的称呼）、变速器、方向盘、保险杠、离合器、火花塞、蓄电池、千斤顶、万向轴、钢板、水箱、油箱、轱辘（又叫轮圈、轮

山洞里的打铁吆喝声

壳）、轮胎，甚至摇把子都尽量捡回来准备再利用，这中间也付出了一位战友负伤的代价。由此在战争中才能做到汽车新一月，旧一月，修修补补又三月。那时哪有上下班，哪有双休日，更别谈休假与旅游了，保证我运输车辆永不断就是战士们的目标和责任。

　　冰封的白雪渐渐融化成潺潺的溪水，峥嵘的峭壁渐渐披上了湿润的青苔。这大自然的美色却被沉闷的爆炸声、浑浊的硝烟所淹没。这是我重返前线后开的第二部新车，第三次跟随班长运送物资到春川前线。前两次运输的是弹药，这一次运输的是 18 大桶汽油，把车厢塞得满满的。为了多装，只要轮胎吃得消，超载一点也是经常的事。油桶在行驶的车厢里摇摆，它们沉重的分量使汽车爬坡时特别吃力，我们的目的地是春川地区一八〇师五四〇团。

　　还没到铁原，前方已有小部队向北转移，渐渐地北撤志愿军官兵越来越多，除了大批的伤员以外，几乎都在徒步后撤。紧紧跟在他们后面的，是美军的坦克、汽车和装甲车。向铁原后撤是一生中少有的窝囊仗的结果。老兵的原话是："我们白天走，晚上走，不停地走，刚想歇一下，美国兵已紧追了。"美军的汽车只要加一下油门，就赶上志愿军走上两个钟头的路了。停车一打听，原来敌军的多支快速特遣支队在敌机配合下，东西两面大肆穿插迂回，大有包围我军之势。战斗部队转移是正常的军事行动，我们没把它当回事，满载一车汽油的小嘎斯照常向南行驶。又驱车五六公里，一位右腰别有手枪的干部叫他身边挎文件包的年轻战士（估计是通讯员）用手示意我们停车。车刚停，干部就走到车前以命令的口吻说："原车返回。"班长追问："车上的汽油……"话还没说完，回话是："就地销毁。"

　　看来形势不妙，我们离开了公路，找了一条乡村小路。这是一条通向白天伪装汽车的防空洞的高低不平的牛车道，油桶在车厢里东碰西撞，我们在驾驶室里也左右颠簸。离开公路两公里，车灯照亮前面一个积满了水的小洼地，我们准备在这里停车卸货。车屁股对准小洼地，打开后车厢板，向后倾斜，一股脑儿把十几桶汽油倾倒进洼地里。再开车离开百米远，各拿三八马枪向油桶射击，顿时油桶起火、冒烟、爆炸，就好像一串炸弹在敌人心脏里炸开，我俩相视而笑。上车赶回公路，只见公路两边北撤的部队望不到头尾，我们在一位用树枝当拐棍的伤员边停下，请他上车，后来又陆续上来十几位。一位头部和双手被包扎的战士根本就上不了车，我把他扶进驾驶室坐好后，我顺势爬上车厢，想不到一个月后我又和伤员挤在一起。

春风拂面，车上的战士七嘴八舌地议论起这次为什么北撤，我像听故事一样听得津津有味。这零碎的故事可以简单拼凑成：4月下旬我军发起第五次战役，志愿军再次向南进攻至汉城附近。由于我军突入敌人纵深过长、过远，粮弹一时接济不上，使我继续扩大攻势困难增加。某日晚志愿军司令部下达撤退命令，留一八〇师一个步兵团在汉江以北构筑阻击阵地，其余向涟川、金化、华川一带转移。我军全线撤退约40公里后还没停稳，敌军趁机进行反扑，用摩托化步兵、炮兵、坦克组成"特遣队"沿公路向我军追击。我方对其快速追击估计不足，在铁原一线阻止敌军的进攻，孤军断后的一八〇师某部于次日被敌围于芝岩里以南地域。

初春的明月，也被头上不时掠过的敌机所打扰。车子开到一交叉路口，本来朝右拐不远处有个野战医院，问问路上行军的战士，说是敌人离这里不远，别过去。好在我对这一带地形比较熟，车子向左进入牛车小道，绕过前几天被炸毁的大桥，天亮以前赶到沙里院野战医院。医院的护士看到又来了一车伤员，赶忙叫来十几个担架，又是牵又是扶地把伤员接进医院。离别时伤员向我们招手说："驾驶员同志，还是你们对道路熟，冲得快，要不我们这些走不动的都要掉队了！"

一个多月后，这次被包围的消息在接待加油站议论纷纷，有的说：那个野战医院的伤病员、大夫、护士全部被俘，惨呀！有的说：为防止被美军测出电台位置，我军在转移时关闭了电台，失去了联络通道。有的说：为防止被敌军缴获，我军提早破坏电台，销毁密码，使无线电静默。总之，战友们对这次失利非常伤感。好在6月初传出好消息，我军在新幕、伊川、鸡雄山一带构成纵深防线，将敌军阻于"三八线"附近之汶山、铁原、金化、明波里一带。最后敌我双方在"三八线"附近再次陷入僵持状态。不久双方终于同意停火，坐到了谈判桌前。

2003年7月27日忆念抗美援朝停战50周年

　　1950 年中国人民志愿军入朝参战，根据战场的现实，逐渐流传开来这样一句话，战场"白天是美国鬼子的，黑夜是志愿军的"。也就是说：黑夜是天然隐蔽、伪装体，我军善于打夜战和夜间行动，这也是美军最害怕又无可奈何的。因此，志愿军如果得了夜盲症，就成了"睁眼瞎"，将对整个战场带来灾难性的后果。

　　1952 年，随着我军高炮发威，战机出动，汽车兵的伤亡大幅度下降。但汽车兵长期夜战，摸黑开车，主要口粮炒面的营养成分过于单调，缺乏维生素，尤其是缺乏维生素 A，造成夜盲症。前方战士和后勤部队，特别是汽车驾驶员都患有不同程度的夜盲症，严重者甚至夜间什么也看不清楚。针对各部队普遍发生夜盲症，祖国虽及时调度运来蔬菜、蛋粉、动物内脏等，可是部队多，数量少，杯水车薪，一时难以奏效。这个问题几乎影响了整个部队的战斗力，已引起领导重视，决定用近远结合的方法给予解决。

　　从近处看：志愿军后勤部印发了一些野菜标本图谱，发动部队广泛开展挖野菜活动。其中马齿苋有明目功效，听说它含有维生素 A，能够增强视网膜感光性能。

　　部队又从朝鲜百姓中征集了两种治疗夜盲症的方法，也是我国古代流传的方法。一个是煮松针汤。朝鲜山林里遍地都是马尾松，把马尾松的松针取下，放到大锅里熬上一个小时，把汤汁静置沉淀后就可以喝了。一般喝上 6～7 天就能在晚上看见东西了。还有一个更快的方法，就是吃小蝌蚪。它的营养价值高，在开春的时候易得。煮水喝上 2～3 天也很灵。这几个偏方，再加上食品供应的不断改善，每当夜晚来临，一个个"夜老虎"又可以在山林中穿梭了，黑夜又回到了志愿军的手里。

　　从远处看：志愿军总部号召各部队在战斗间隙广泛开展种菜、

养猪和加工副食品活动。要求各部队每年自行解决 2 ～ 3 个月的副食供应量（每人每天 0.5 公斤）。种菜所需土地，志愿军后勤部统一与朝鲜政府交涉，由部队和当地政府具体协商。我连在与驻地的细胞委员会（相当于我国村党支部）联系，说明情况和原因，村长对我连要求全力支持，当即拍板给我连平坦好地。连长不要好地，而是看中了北山坡的一块荒地，就这样按班、排划分地块，以炊事班、修理班、卫生员、通讯员、理发员、朝语翻译、文化教员、文书等勤杂人员为主要劳力，平整土地，挖地翻土，施肥，种些小白菜、大白菜、菠菜、红萝卜和白萝卜等。除组织上关心发给每个驾驶员猪肝等补养品外，青菜更是满足了战士们的营养需求，治疗和消除夜盲症效果非常明显。

后听说：一线部队种菜有困难，则组织人员到后方种植或由二线部队给予支援。还以连或营为单位，组织专业小组耕种面积较大的土地。很快，各部队掀起了利用战斗间隙进行生产的高潮。据不完全统计，志愿军 1952 年共种蔬菜 276300 亩，收获蔬菜近 2289 万公斤，平均每人 20 多公斤，采集野菜约 134 万公斤。许多伙食单位还开设了豆腐坊，做豆腐、生豆芽，部队生活得到了一定程度的改善，夜盲症得到控制以至消失。

抗美援朝中，美军在三个地方使用过降落伞，分别是：

1. 用小型降落伞悬挂照明弹，可在空中悬飘 2～10 分钟，通过空中照明寻找我地面运输线进行狂轰滥炸。这是我后勤部队遇到最多的，除了天公不作美，几乎天天都能碰到。照明弹是靠化学物质燃烧发光，落地后它燃烧的烟雾和残留的火星往往会把小型降落伞烧成残渣。我们偶尔也缴获和收拾过此类降落伞。

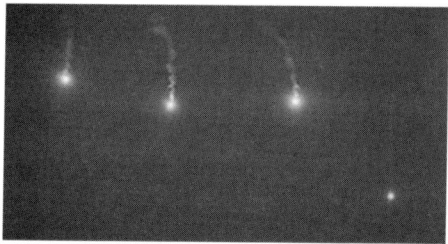

天上挂红灯——敌机丢的照明弹

2. 打落敌机后，敌机飞行员跳伞逃命要用中型降落伞。我们汽车兵偶尔能碰到敌机被击落，除抓到活的俘虏外，也常常能缴获到成套的降落伞，甚至正副两个降落伞。这是我们最开心的事儿，但机遇不多。

3. 战场上敌我双方纵横交错，一旦美军被围，弹药、食物短缺，处于不利地位时，他们的空军会源源不断地从空中为地面部队空投救援物资。敌机群一边低空扫射，不让我军缩小包围圈，一边大型运输机用降落伞低速、快捷地空投弹药、食品。我虽没看到过，但在我连加油站听遇见此空投敌机的战友讲过。

记得有一次我团要开庆功会，文艺小分队排练了舞蹈，但是到哪儿去弄跳舞裙呢？有的说用国内发的连衣裙代替，有的说向朝鲜阿妈妮借短衣长裙，众说纷纭。有一天晚上杨家栋同志看到天空又挂了好多照明弹，指着说："你们看呀！美国鬼子给我们送跳舞裙来了。"我们这才明白可以用照明弹降落伞上透明的丝绸做跳舞裙。没过几天，我们天不亮就在敌机怪叫声过后，拾到一

敌飞行员跳伞落在树枝上

敌飞行员跳伞

照明弹降落伞改制的跳舞裙

些照明弹的降落伞，裁剪后做成跳舞裙。大家高兴地说，美军不但给我们志愿军送炮弹，送肉罐头，还给我们送来跳舞裙。

据五连二班班长讲，一次朝鲜人民军缴获了敌飞行员的降落伞，伞好大，挂在树上拉也拉不动，干脆就用刀割，拿走一大块，还有些被树缠绕，就留下不管了。二班长和战友一起把残树砍下再把残伞剥离开，将残伞连同伞绳、伞带、伞线和背带、金属、橡胶器件一起带回连队，引起战友们的极大兴趣。我也赶去凑热闹，一摸伞衣，柔软、轻薄、光滑，好像是用丝绸做的，伞绳强度高，很光滑，用剪刀也不易剪断，用刀才能砍断。这残伞的伞衣用处最大，战友们分别取去，本想做毛巾用，无奈它不吸水，就做军功章、纪念章、家信、照片的精密包衣用，也有剪下一小块作为战利品寄回家向乡亲报喜的。

默默战友情

在中华人民共和国成立和中国科学院建院 60 周年前夕，我们探望了我所第二研究室原党支部书记、抗战时期参加革命的离休干部陈富文同志。

陈富文同志 1924 年出生，1944 年参加革命，1945 年 7 月入党，曾参加过鲁西南、孟良崮、豫东及淮海、渡江、解放上海等战役。1950 年赴朝作战，任志愿军二十军五十八师一七四团四营二连政治指导员。1951 年在长津湖阻击战中失去左腿，为二等甲级残疾军人。多次荣获一、二、三等功勋章，1983 年离休。目前居住在上海闵行区荣誉军人疗养院。

2009 年 6 月，我们来到疗养院见到了陈富文同志。一阵寒暄后，陈富文同志打开了话匣子，谈起他最近看到我编写的一本抗美援朝《战地情怀影集》，一下勾起他对往事的回忆，心情久久不能平静……

《战地情怀影集》

1950 年底，陈富文同志响应祖国的号召，风尘仆仆地开赴战火纷飞的朝鲜东部战场。到朝鲜后，他参加过著名的长津湖战役。他和杨根思同志是同一个村的老乡，参军后又在同一个班，抗日战争和解放战争时期两人就并肩作战，朝鲜战场上他俩又谱写了许许多多血与火的战争故事。1951 年底，陈富文同志因伤致残回国。作为抗美援朝的亲历者，在朝鲜一年多的时间里，陈富文同志在这块英雄的土地上历经了艰难、悲壮、胜利的过程，感受了战争的惨烈和战友间用鲜血凝成的战斗友谊，同时战争也给这位老人留下了深深的痕迹和永久的回忆。

1998 年，时任南京某军分区副参谋长的王祥经过千寻万找，方知道陈富文同志还活着，王参谋长激动不已。因为他记得，当时在朝鲜的一场激烈的战争中，整个部队没有几个人活下来，时任营长的王祥负伤后被陈富文同志救了下来，但此后就与陈富文同志失去了联系。王祥回国后，他、包括他的家属和子女一大心愿就是一定要找到陈富文同志。后来知道陈富文同志还活着，现在上海，便急于要和陈富文同志会面。对王祥来讲，迫切地要看看离别已久的战友、叙叙往事，而他的家属和子女不但要见见这位父辈的战友，更重要的是还要感谢这位救命恩人。

回忆朝鲜战争，陈富文同志讲：条件艰苦、环境恶劣，常人难以想象，山路崎岖、冰天雪地，运输线经常被美军飞机炸毁，供应跟不上。有时一天的口粮就是几个冻土豆，并且要经常徒步穿过数道封锁线，利用地形阻击敌人的进攻。战友们平时还在说说笑笑，可战争一打响，说牺牲就牺牲了。陈富文同志对过去的这段经历不愿多说，是因为很多惊心动魄的战争场景历历在目，让他感到难受。站在这位让人钦佩又受人尊敬的离休老干部面前，我们感到今天的和平生活来之不易，应该让后人多了解这段历史、了解那场战争。

2009 年 7 月 10 日

战地夜莺

上海申园养老社区 3 号楼的新来居民在"左邻右舍"相互介绍活动中，一老年居民回忆起参加抗美援朝时的无畏与艰难。一听到她的叙说，我马上被吸引住了，自然地朝她瞄了瞄——她不就是住在六楼的邻居吗？在电梯里我们还时常碰面。我脑海中突然浮现出 60 多年前我因染伤寒被送进野战医院，昏昏沉沉地躺在猫耳洞饿了几天，一位小护士掀开伪装的树枝，送来一碗热气腾腾的炒面。她也参加过志愿军，那她是那位小护士吗？

活动结束后，我就去找这位邻居，主动看了她挂牌上的名字：庞美娟。也许是因为战友之情，我脱口而出："小庞，认识我吗？""以前不认识，今天才认识。""不对吧！1951 年你是小护士，给我送过热泡炒面，记得吗？""我是文工团员，没当过护士。""那你没接触过伤病员？""战争的残酷，哪里需要就到哪里，从第一线下来的伤病员，我们就要去给伤员包扎、揩血，去背伤员、抬担架，去喂食，去揩屎倒尿，是个不熟悉业务的救护员。""啊！那你哭过鼻子吗？"……与小庞的交往就这样开始了。

1949 年 8 月，小庞还是 14 岁的小姑娘，就参加了中国人民解放军第三野战军第九兵团第二十军文艺工作团。她扎两条小辫，穿上偌大的军装显得不合身，但军帽一戴，衣袖、裤脚一卷，试问哪点不像解放军？军人以服从命令为天职。1950 年秋一声令下，二十军坐了三天四夜闷罐车直奔吉林省辑安县。接军令北上已来不及

小庞照片

换装，身穿薄薄的温带冬装甚至夏装，脚蹬解放鞋，去掉帽徽、胸章和任何中文标志，于 11 月 11 日冒着零下三四十摄氏度的严寒行军，虽然战士们冷得直打哆嗦，却怀着一种豪迈的心情秘密跨过鸭绿江桥。桥南的朝鲜满浦郡已成一片废墟，作为抗日老战士的文工团团长胡野檎明白，一群天真烂漫的女孩如今开赴战场，对她们将是严峻的生死考验，自己不仅要保护好她们跟上队伍，还要让她们鼓舞战士勇往直前，把她们飒爽的英姿和银铃般的欢笑带进战场、带进连队。

行军是和敌人抢时间，敌机极其嚣张，沿着山沟、贴着树梢飞行，肆无忌惮地搜寻我军地面目标，部队只能在夜间行军赶路。小庞和战友们像一群夜莺立在大部队行军路旁的大石头上，雄壮有力地高唱前不久才学会的《我是一个兵》："我是一个兵，来自老百姓，打败了日本狗强盗，消灭了蒋匪军。我是一个兵，爱国爱人民，革命战争考验了我，立场更坚定。嘿嘿嘿，枪杆握得紧，眼睛看得清，谁敢发动战争，坚决打他不留情……"接着小庞左手敲起快板，右手直指前方，一首快板诗响起："同志们，加油干，前面亚达岭（葛岘岭），上山一百二，下山一百二，同志们，辛苦不辛苦？"行军的战士们有力地回答："不辛苦！"其实这只是精神上的不辛苦，体力上却是精疲力竭。一天要赶"一百二"，走平地，这些小姑娘必须小跑才跟得上。上山"一百二"，爬呀爬不动，团长胡野檎让小庞用双手拉着他的背包绳，几乎是把她拖上山；下山"一百二"，一滑溜得快，遇上已经成形的冰冻滑坡，只能脱下背包放在胸前，两腿一蹲坐在冰坡上顺势下滑，背包随着弯曲的冰坡左右摆动，滑术不高撞上大树、掉进山沟时有所见。有的就把米袋子搭在脖子上，闭上眼睛，背包往地上一放滑下山去，任凭滚到什么地方，尽管身体到处是伤痛，还是爬起来继续走。"令人痛心的是一个战友斜卧在路边，当我们准备去推醒他让他起来赶队伍，他却因疲劳过度和严寒已停止了呼吸。第一次看到战友的牺牲我感到害怕、心惊，泪水自然下滴，但这就是战场，必须面对这残酷的现实。"小庞说道。

夜莺是在夜间鸣唱的鸟类，她们这些文工团员的鸣唱非常动听，音域极广，能歌善舞，会编会演，个个都是多面手，是夜莺的化身。

1951 年 3 月 20 日，二十军参加第五次战役，部队不断向前攻击，南下至平康附近集结，二十军文工团也得穿越废墟继续出发赶路。白天要防空防备敌机偷袭，天黑就得加紧赶路。夜间寒风袭人，赶路时倒不觉得冷，渴了抓把雪球，饿了吃点干粮，拂晓前赶紧分散上山，各自挖洞打造临时"小窝"休息。没有武器的文工团员要背上十来天的干粮跟进主力朝南前进。一位团员个头不高，走起路来长长的干粮袋老是敲打她的屁股，这次山路泥泞，她一下滑倒滚下山坡。副班长一看不好，也跟着滚了下去。两人一骨碌爬起来傻呵呵地笑："我们滚得比你们走得快！"引得大家乐哈哈。就这样咬牙坚持，连续行军 13 天，终于赶到了前线。文工团给部队作突击前的宣传鼓舞，表演了几个快板、唱歌等简单灵活的小节目。

阻击战打到后期，战线基本稳定，部队阵地也相对固定，文工团有了开展宣传工作的时间和空间。她们就翻山越岭，避开盘旋在头顶的敌机直奔火线，化大为小，组成多支演出小分队，分头下到连队，深入防空洞、战壕、坑道，不管多累，她们总是露出笑脸为战士们演出。临时编演战士们身边英雄的节目战士们最爱听，如现场创作的河南坠子，一边打板子，一边念白："朝鲜战场六月天，我军打上了阻击战。阻击阵地摆得好，山山相连成一线。一个山头一个组，一条山冈一个班。美国鬼子胆敢来侵犯，坚决歼灭阵地前不留情。"唱的就是眼前正打着的仗，鼓舞性强，很受战士欢迎。战士听到自己的事迹会腼腆地低下头，不好意思但很开心。由于阵地分散，团员们必须各处"赶场"，有时一天要爬十几个山头，演出二十几场。朝鲜的山头、七高八低的草丛都是她们演出的场地。每次她们都准备一个半小时的节目，但"吊死鬼"一来或者敌方炮弹飞来，演出只得暂停。有时敌军发射照明弹，反而为在山背后月光下的演出增添了乐趣。有时候，战士们忙着构筑工事做战斗准备，没有时间来看节目，团员们就用电话单独唱给他们听。深入前线的"小夜莺"先后创作了不少短小精干的文艺节目。通过精彩表演，传达了祖国的声音，宣扬了英模事迹，总结交流了战斗经验，活跃了战地生活，鼓舞了士气，成为志愿军不可或缺的精神食粮。战士们称赞她们是战斗的宣传员，有位团长说："这些小鬼的慰问，有时比我们下的命令还有效。"

"夜莺"的歌声和飞舞，为前线战友消除了疲劳，带去了欢乐。然而在激战的前沿，"夜莺"们眼见被转运下来的伤员有断腿的，有失掉手臂被炸得血肉模糊的，惨不忍睹，个个都被硝烟熏得满脸、满身都是墨黑色，只有两只眼睛是白的。"夜莺"们马上自动转成担架员、护理员、卫生员。在这样的环境里，没有人害怕，没有人考虑自己的生与死，面对敌人的狂轰滥炸，她们只知道快、快、快，眼中的一切，也是她们第一次经历的一切。小庞她们跑上跑下，为刚抬下来的战友包扎伤口，揩去战友身上的血迹，擦干战友脸上的灰尘，慢慢喂些水以润湿他们的咽喉。有一次小庞要照看刚送下来的六位伤员，其中一位伤员胸部被弹片炸开至少5厘米的大裂口，当他听到有女兵对着小庞叫"小广东"（小庞的昵称）时，忙对小庞说："我是广东揭阳的，和你是老乡，等胜利回家时你去看看我妈妈，告诉她，我很好！"话刚说完就闭上了双眼，没留姓名、没留地址。小庞难过极了，也被吓哭了。她们第一次把自己的汗水和泪水流洒在重伤员身上和烈士的遗体上。从此，她们消除了心理上的恐惧，不再害怕见到伤员的鲜血和阵亡将士的遗体。她们用稚嫩的肩膀和男同志一起扛木材，抬石头，搭建防空洞；背粮、挑水、做饭，抢救伤员。在极端艰苦险恶的异国战场，她们是一群夜莺和天使。70多年过去了，小庞一直忘不掉那位战友的嘱咐，只知道他是指挥那次战斗的营长，"小广东"没法完成战友的临终嘱托，成为她一生的遗憾。

对二十军来说，从1950年11月入朝到1952年10月回国，时间虽不算长，经历的却是朝鲜战场最艰苦的长津湖之战和第五次战役。这两次战役中，成千上万的战士用青春和生命谱写了一曲可歌可泣的壮歌，产生了志愿军第一位特级战斗英雄杨根思和无数的无名英雄。

小庞也由当年一个小姑娘成长为一位老阿姨，她永远怀念那些战死在战场上的志愿军烈士们。相比那些长眠在异国他乡的战友们，小庞是幸存者，她说：应该把这"立国之战"的艰苦与艰难传承下去，告诫后人，继续战斗，迎接两个一百年！

2019 年 9 月于申园

夜莺再鸣

在申园前的大广场又遇上"夜莺"，她一见到我就笑，看她那高兴劲儿，我打趣地问："小庞，肚里还有什么货，倒出来呀，给后人留点真实，别随身带走呀！""我总是欠在我眼前闭眼的那位营长老乡一笔债。唉！只知道营长是广东揭阳人，要我回广东时告诉他妈妈他在朝鲜很好，叫她放心，但他妈妈叫什么、住哪里，他还没讲完就走了！""这事你上次和我讲过，这是你最内疚的事，也是最伤心的事，是吧？""我这老糊涂了，也不知道怎么讲了又讲，总是一笔没还清的债。""小庞，这是对战友的思念，生死之情，还有别的吗？讲一讲快乐的事好吗！"

小庞沉思片刻回忆说：我13岁参加"新安旅行团"（中国共产党领导下的少年儿童文艺团体），不久被划入解放军二十军文工团。一次我得胃病住军医院治疗，医院的医护人员严重不足，给我治疗的大夫要我留下来学医、学战地救护。我怕见血，更怕死人，所以吓坏了，连夜就逃回文工团。我喜欢唱歌，是女高音，高八度我都能唱，战士们特别喜欢听我唱《翻身道情》，这是一首陕北民歌，我没郭兰英老师唱得那么原汁原味，但也十分受前线战士的欢迎。当"太阳一出来呀……哎咳哎咳哎咳哎咳哎咳……"一出口，战士们就鼓掌，然后就静静地听。这曲艺式的说唱艺术，小快板、大过门、小过门互相应和，唱腔快慢变化有节，直到"大家团结闹翻呦嘿身呀啊咿呀哎咳呀，大家团结闹翻身！"三分多钟唱完，掌声不断，我也特别开心，有的战士还高喊再来一遍。有一次我连唱了三遍，喉咙都变哑变调了，战士们还送给我热烈的掌声。而每次演出，不管人多人少，不唱上五六首不同的歌曲是下不了台的。如此受前线指战员

小庞近照

欢迎，我想：战士们流的是血，我为他们献歌，再苦再累也是应该的，因为我是战地的文工团员。

说着说着，小庞叹息道："唉！有一场战斗打得非常惨烈，从前沿阵地运下好多伤员，救护员严重不足，文工团长及时调拨抢救卫生包分发到各文工分队，并命令文工团员就地全部转任战地救护人员。"当时仅 15 岁的小庞要负责三个小山头待抢救的 10 多位伤员的包扎、安慰、转运和安置任务。在一个小山头背坡，小庞给一位炸裂双手的小战士包扎伤口，怕见血的小庞，在现实面前反而不怕了。小战士认识小庞，脱口说："小姐姐，唱个歌给我们听听好吗？"这要求高吗？小庞整理下嗓子就唱"太阳一出来呀……哎咳……"，一边唱，一边在三个小山头间检查伤员伤口和安慰他们。一位头部重伤的战士，包扎的绷带全被血液浸红，头也歪向一侧，小庞碰碰他，不动了，牺牲了。小庞被吓哭了！她最怕死人，这是死人吗？不！这是战友呀！眼看他闭上眼睛，小庞心中有了对"把我们的血肉筑成我们新的长城"真实的领悟。东北民工担架队来了，在转移伤员下山后，数具遗体必须迅速转移到山下。东北民工在下面顶住遗体，小庞在上面提起遗体上身，一步一个脚印朝山下移动。

"小庞，怕吗？""开始怕，吓得叫过，哭过！这就是战争呀！"有一次零下 30 多摄氏度，小庞听到远处飘来哭声，顺着哭声在一个猫耳洞看到一位小战士捧着一只肿胀的耳朵。看到这脱掉的人耳，小庞吓得双手捂住眼睛哇哇直哭。两位小战士对哭总不是办法，小庞停止了哭泣，一问才知道，原来小战士在转野战医院途中栖息在此猫耳洞，盖件棉大衣以后就在结有厚冰的草垫上呼呼入睡，右耳贴近冰块全然不知，醒来时，一摸冻僵的耳朵就掉下来了。小庞忙用急救包去消毒右耳洞，微细血管早已冻得无血可流。悲痛呀悲痛！小庞还背过遗体，大的她背不动，小的背起来也特别重。是的，背活人，人是软的，甚至还能助你一臂之力，想法抱稳点；背死人，就像背个大石头，硬邦邦的，手把不住，老是滑下，越背越重。我对此也深有体会。

沉默一阵，"夜莺"再鸣，这是哀鸣，那鸣声听起来让人难受：有一次敌机丢下一颗凝固汽油弹，前面一名小战士不幸粘上凝固剂，身上着火，火花噼啪四溅，他一边呼叫："救命啊！救命啊！"一边在乱石山坡上打滚，那是小战士想把火扑灭呀，但越滚反而火场越大。面对这凄惨的呼叫，战友们纷纷寻找树枝、衣被要上前帮忙扑打灭火。文工团长高呼："大家别靠近，躲开，躲开，离远点！"年轻的战士们莫名其妙，眼睁睁地看着小战士挣扎、呼喊，随后顺着小山坡滚了下去。事后团长说："这种凝固汽油弹是最残忍的杀人武器，它不仅黏人，它的油脂还不断爆裂，火花到处飞，谁粘上都逃脱不掉。前几天兄弟部队也遇到这情况，哪位战士去救人，这油脂就贴在哪位身上一起燃；哪个战友去灭火，这火就粘在哪个战友身上一块烧。结果一下五六位战士一块被烧焦。惨痛呀！这就是教训，不能再犯同样的错误。"

"小庞，谈点开心事！"小庞缓过气来说：有一次，前沿押下来一批俘虏兵，我们文工团和俘虏兵正好在一个山洼处的草丛里休息，我们文工团里有大学生会英语，就主动上前打招呼："How do you do!"对方很惊奇地回话："Hello!"就搭上话了。当我们问俘虏："Why did you come here?"（你为什么来朝鲜？）对方说："我不是坏人，不要打死我，我家有父母，有爱妻，还有两个小孩，我也不想来，没有办法呀！"哈哈！战友翻译给我们听，原来美国兵是怕死的，他们不知道为谁扛枪，为谁打仗。

小庞说到这有点兴奋：有一次夜行军，我和战友在狭窄的山路上艰难地与拉着山炮的马队一起走，突然，一直在天空盘旋的敌机在我们头顶甩下了几颗照明弹。一匹棕色马受惊挣脱，敌机转了一圈又呼啸飞来，一梭火箭弹把那棕色马击倒，那马蹦踢了两下就断气了。火箭弹掀起的泥土和气浪把小庞埋在旁边的小洼地里，她扑打扑打身上泥土站起来，"好险呀！要不是那匹棕色马受惊，也许我就在马的位置'光荣'了。"是呀！经历了生与死、血与火的考验和洗礼，对人生的意义、生命的价值，小庞理解得更深！

战友情永远刻在小庞的心窝里。那是部队打到汉江边，汉江大桥被炸断了，部队必须涉水过江，经试水，最浅的也到高个子腰部，个子矮点的几乎水漫肩膀。小庞个子较矮，要是徒手过江不把头淹入水中才怪呢，真有点望水兴叹！这时几个战友分散了小庞身背的炒面、背包等杂物，两位高个子分立小庞的左右，小庞左右手搭在他俩肩上，两脚悬空，过河时她还饶有兴致地划水玩呢！这嬉水情景一直在小庞脑际再现，因为生命是在战友一次次的爱护照顾下才延续至今。小庞是幸存者，她说：和平来之不易，那是烈士们用鲜血换来的。我们要爱护生命、珍惜生命。

2019 年 10 月 19 日与小庞打开话匣子

1951 年初，我三团在广西边陲受命北上，在闷罐火车里、在沈阳苏家屯接新车时，一首《我是一个兵》的雄壮战歌，鼓舞全团官兵驶过长江、奔过黄河，跨过鸭绿江。

> 我是一个兵，来自老百姓，打败了日本侵略者，消灭了蒋匪军。
> 我是一个兵，爱国爱人民，革命战争考验了我，立场更坚定。
> 嘿！嘿！嘿！
> 枪杆握得紧，眼睛看得清，谁敢发动战争，坚决打他不留情。

战歌！挥洒在握枪架炮的汗水里，飘荡在蹈危履险的战斗里，浸溶在战士们的心窝里，铸造在捍卫祖国的誓言里。谁敢发动战争，坚决打他不留情！

入夜，我后勤车队跨过鸭绿江，又一首战歌响起：

> 雄赳赳，气昂昂，跨过鸭绿江。保和平，卫祖国，就是保家乡。
> 中国好儿女，齐心团结紧。抗美援朝打败美帝野心狼！野心狼！

唱响战歌，我们以战士的名义奔赴战场。唱响战歌，我们以军人的名义收获胜利。唱响战歌，我们以流水的兵维持世界和平。

我们汽车兵就喜欢唱《是谁开车到朝鲜》这首歌：

> 马达轰隆隆响咳轰隆隆响，车轮哗哗转咳哗哗转，车弓子上下颠颤颤、颤颤颠颠颤颤，加大油门，丝楞楞楞，丝楞楞楞，爬上山咳，上山又下山。我的车呀快快地跑啊，我的车呀快快地向前，是谁开车到朝鲜，志愿军汽车司机员。车行万里要安全，万里号的荣誉属于咱，争取立功，争取模范，争取胜利早实现！

歌曲《是谁开车到朝鲜》

这曲，唱起来欢快；这词，念起来形象。但真的坐进驾驶室反而不敢唱了，因为天上挂"红灯"（敌机丢的照明弹），地下炸弹坑，开车不小心，扑通掉进坑。驾驶员夜间要睁大双眼盯着狭窄的搓板似的战时公路，副驾驶在车厢顶上不仅要眼观四方，还要耳听八路，随时预备敌机的来袭和判断炸弹落地的地方。通过敲打驾驶室顶棚的暗号，通知驾驶员采取各种应对措施，整夜两人一直处在紧张当中，哪有心情与时间唱这熟悉又心爱的歌？开车不敢唱，可清晨伪装好车、洗脸刷牙、修车补胎时，特别是天空形势对我们渐渐有利时，一个班、一个排能集中时相互拉歌，这是主歌之一，有时战士们还随着歌声手舞足蹈。

《英雄的小嘎斯》这首兵歌更像是汽车兵心爱的姑娘，伴随相爱的汽车兵一起肩负源源不断的战争物资冲火海、闯弹坑、跨河流、奔前方。

小嘎斯小巧灵活，装备齐全，抄小路，巧伪装，轻驾驶，车速快。这苏联支援的 2.5 吨的货运汽车人见人爱，然而战争环境当中，生死离别难以预料，一路跑来不是你死就是我活，不是车毁就是人亡。数千辆小嘎斯、近万名汽车兵织成轰不烂、

歌曲《英雄的小嘎斯》

炸不断的运输网。车毁，连长说：人在阵地在；人亡，连长说：继往会开来。运输网上点缀有汽车兵的鲜血和遗骸，沿途道路有小嘎斯被烧毁的散架。把我们的血肉筑成我们新的长城，这才是真实的体验。英雄的小嘎斯、勇敢的汽车兵相亲相爱，一齐奔驰向前方。

朝鲜开城东北约 40 公里有一段重峦叠嶂、绵延起伏的山脉，散布有大小山头和村落，有马良山、黄鸡山、栗洞、太石洞、麻岱洞、贵存里、金谷里、155.7 高地等。马良山高地高 318 米，是临津江以西、涟川西北、朔宁以南的锁钥之地，谁掌握了这高地，谁就可保证开城侧翼的安全。

1951 年夏秋，马良山防御和反击的争夺战历经一个月（10 月 3 日—11

月4日），初始英、美军把进攻重点指向马良山主峰及其西南216.8高地，采用多梯队轮番向我主峰攻击。我军两个连依托坑道式工事，打退英、美军十余次冲击，英军以伤亡2600余人的代价，前进3公里占领了马良山。后经反复争夺，我军集中3个营的兵力，在炮兵和坦克阵地附近的高射火器实施对空射击、炮火延伸、步兵冲击、正面牵制、翼侧攻击、分割包围、断敌退路的战法，夜色中夺回马良山阵地，全歼英军1个营，共毙、伤、俘英、美军4400余人，击落飞机14架，击毁坦克6辆。英军不甘心，又多次组织4个营的兵力进行反击，均被击退，对稳定西线战局起了重要作用。

　　……雄伟的马良山，站立在江边，……美丽雄伟的马良山，我们永远歌唱你。

　　这首《马良山》战歌的唱词，唱遍了前沿的阵地，唱进了汽车兵的心中，鼓舞着志愿军的士气。

歌曲《马良山》

　　大约 1951 年开春，我军虽取得节节胜利，但条件还极其艰苦，白天黑夜敌机狂轰滥炸，战争物资供应极度困难，行军运输安全难以保证。祖国人民组成赴朝慰问团，不避艰险，翻山越岭，带来了全国人民献赠的锦旗、慰问金、慰问品、慰问信，以后听说还有几位慰问团员在慰问活动中遇敌机袭击光荣牺牲。1952 年 9 月朝鲜战场形势相对稳定，为配合停战谈判，粉碎"联合国军"可能发动的局部攻势，我军为秋季反击战做准备。此时祖国赴朝鲜慰问团再临前线慰问志愿军，多次冒着敌机和敌人炮火封锁线，到达英雄连慰问演出。慰问团也来到我团陵水里驻地，向我们赠送了搪瓷水杯等慰问品，带来了祖国各界人民的慰问信，还演出了歌舞、曲艺、杂技等节目，其中《春风吹过了鸭绿江》这一深情轻快的曲调就传遍全团。我团政治处干事王其英、华军还与慰问团的小演员合影呢！

纪念杯

歌曲《春风吹过了鸭绿江》

华军（左）、王其英与祖国赴朝慰问团的小演员（1952年11月）

1953年7月27日停战协定签订，在贺龙总团长的率领下，据说组成5000多人的庞大赴朝慰问团再次来到朝鲜。慰问团这次分成好多组，深入志愿军连队直接进行面对面慰问，和志愿军战士一起在山洞里吃住，唱歌、跳舞、谈心聊天交朋友，向"最可爱的人"转达祖国亲人的问候；尽其所能地尽量帮助志愿军官兵做一些杂活。10月中旬，一个小分队来到我五连驻地新溪郡泉谷洞，一曲《唱一唱志愿军》受到全连战士欢迎：

紧敲那个板儿来呀慢拉琴，听我来唱一唱志愿军。
中国出了个志愿军，一棒打坏了杜鲁门！
中国出了个志愿军，和平幸福有保障，有了保障。
我这里呀，敬祝同志们身体好，立正敬礼来慰劳。
同志们多呀多辛苦，你们杀敌把国保。
你为人民立功劳，多杀敌人多立功。
祖国人民忘不了，千年万年忘不了。

战士出征最爱唱战歌，兵士出操就爱唱兵歌，残酷的战场，是战歌最嘹亮的地方。雄壮的兵歌，是吹响在沙场的号角。每个音符就是一道火光，每个节拍就是一锤战鼓，每个字眼就是一股热血，把祖国人民的重托演变成激情燃烧的壮志。

我连的战士吐字虽有点南腔北调，我连的歌声曲调也有点参差不齐，但都恢宏、铿锵，是发自内心的呼声，它是进军的鼓，它是冲锋的号，每一个韵律都催动战士向前！向前！

歌曲《唱一唱志愿军》

2016 年在一次歌咏比赛后的联想

一米多高的汽油桶，小刘和小张一人一只手一搭，空出的另一只手从后一抬，桶顶靠在后车厢，我在后面一抬一推，足有150公斤的满满一桶汽油就这样被搬上小嘎斯，汽车主粮就随身带了。

小刘和小张两个东北汉子歪戴着军帽，军服上沾满油渍，一脸娃娃相。小刘直爽、奔放、粗犷，小张内敛、沉着、寡言，一天到晚无忧无虑的。两人搭配在一起虽似一对活宝，可都是加油站的骨干。驾驶员来到加油站总喜欢逗逗他俩，与小刘比手腕，向小张做鬼脸。

听说团部摄影员要来加油站为每位战士拍照留影，大伙高兴得不得了，尤其是小刘，解放前老父亲给地主扛长工，自己五六岁就给地主放牛，1947年家乡解放才翻了身。在抗美援朝高潮中他踊跃报名参加了志愿军，当兵进城才开眼界见到过照片，但自己还从未照过相，听人说照一次相要刮一层皮，他似信非信。

小刘，大名刘铁山，这天特别换了套新军装，端正军帽檐，扎紧武装带，威武雄壮。脖颈处的肌肤坚实，面部的肉疙瘩棱角分明，眼珠子明亮可察秋毫，像一个铁打的汉，一种锐意勃发的姿态，显示出活力四射的蓬勃朝气。他问我：这装束好吗？看他得意的样子，我就吹捧他一番。

刘铁山与小组同志每天要保证全连至少40大桶50台车辆的油料配置与供应，从车上搬上搬下，从防空洞推进推出，全是体力活。有一次，他要搭车到后方兵站办调油的事，临上车前向我摆手说再见。跟他是老朋友了，我开玩笑说："也许见不到了，最后一次大家好好瞧一瞧吧！"他脸上马上晴转阴，接着疾风暴雨式地连骂我祖宗三代，直骂得我狗血淋头。此时，我怕得连屁也不敢放一个。直到他上车开走了，我的心里还一直忐忑不安，要是真的见不到了，那真是我这张臭嘴惹的祸，该如何向他父母交代？

第三天，我在接待站又遇上刘铁山，他像讲故事一样把那天后来的事讲给我听。他说："刚过新溪大桥，'吊死鬼'就来了，我想被小黄说中了，再也见不到他了。好在五班长有经验，车灯一关急刹车，炸弹在前面 100 米处的山脚边爆炸了。五班长说，这是敌机飞行员为了完成任务瞎扔的。过了这一关，车子快到遂安，几平方公里的大平原，十来个照明弹高高挂在天空，我想这第二关怕是过不去了，怎么小黄说得那么灵？越想就越怕，我一直拍驾驶棚，要班长把车停下，好下车躲躲。谁知班长不仅不停，而且借着照明弹的光亮越开越快，拐进山背后躲开照明弹的照射。我想：老家说，倒霉的事是过一过二不过三，你讲的话还在脑子里转，这三恐怕是过不去了。"说着刘铁山朝我胸口就是一拳，我装作疼得哇哇乱叫。小刘把这沿途惊险故事绘声绘色地讲给我听，好像已经把骂我祖宗三代的事忘得一干二净了。

我一直忘不掉这位不记仇的好战友刘铁山，可惜我一直打听不到他现在何方。

我当了文书后，每星期都要从团部带回不少从祖国寄来的信，有战友们的家信，更多的是祖国人民寄给"最可爱的人"的慰问信。当时部队不论是新兵还是老兵，文化水平都很低，有的连自己的名字都不会写，还有连自己名字都不认识的文盲。战友的情书在那时不算隐私，班里战友都可传看，看到精彩部分有的战友就高声读出，引得周围的战友哈哈大笑。

我的第二任班长赵虎子驾驶和修车技术都很高，他父亲在旧社会给地主扛长工，哪有钱让儿子读书？虎子从小就给地主家放羊，直到1947年家乡解放后踊跃参加东北野战军，以后部队陆续建立新兵种，打仗勇敢的赵虎子作为陆军骨干被调到新筹建的汽车部队。虽然他斗大的字不识一个，但跟老司机学开车、修车非常聪明，一学就会甚至一看就会。

一次，排长从连部带回一扎国内来信，我一翻有班长家里的来信，就抽出这封信，找到班长把信举过头顶大喊："班长，你媳妇来信了。"班长明明高兴却故意装作无所谓的样子，取下我的军帽照我光头就是一甩，我大喊："班长打人。""什么媳妇不媳妇？念给我听。"班长命令式的口吻我已习惯，因为每两三个月我总要给班长念信、帮他写情书。今天我也高声朗读（大意）："大表哥：你好吗？大舅身体很好，每天都下地干活，去年苞米收成老鼻子，分的十几亩田都是农会帮忙代耕代种。我常去舅舅家帮忙，你放心。你在前方杀敌，我在后方生产，共同打败美帝野心狼。朱云仙。"字写得歪歪斜斜，但能写出来，意思也表达得很清楚，说明至少读了几年书。班长以为我读完了，虽不认识信上的字，但也要拿过去看看。我没放手，说："班长，还没念完，下面还有。"我特别提高嗓门念道："大表哥：我好想你，照个戴上大红花的照片寄给我好吗？"站在我旁边和我一块看信的小王发现这句话是我瞎加的，也故意放大嗓门说："还有一句，大表哥：明年你凯旋回来，我等你结婚。"班长脸唰的一下变得绯红，朝小王就是一拳头，说："你小子，咋呼啥！当心我揍你！"战友们就这么逗逗乐子，苦中取乐。照理，午饭后我要帮班长写回信。回信可不能开玩笑，人家农村小闺女，得礼貌点。

与家人保持通信往来是亲情，也是常情。战士们收到的家书上大多数是鼓励的话——要为祖国争光，要勇敢杀敌，要把美国鬼子打趴。但也有特例，如一班一位战士就收到他母亲请村干部代写的信，里面提到娃娃亲，要他回去办婚事。这位战士很坚决地回信说："我在朝鲜和美国鬼子打仗，随时有牺牲的危险，不要耽误她，让她另找一个好男人。"也有家中来信告不幸的，这时班、排长一面安慰他，一面通过组织请当地政府给予解决。

我们战友给家里写信，都是报喜不报忧。三班一位战友一次从车上跳下来，落地时被一个大石块绊了一跤，手臂磨破了皮，嘴里也流了血，吐掉血一看，发现崩断半颗门牙。驾驶员紧张短缺，他没有休息继续开车，但给家里写信不敢多说什么，怕家里人挂念，总是报平安。

互寄照片在当时是难上难，因为除了战地摄影记者有有限的胶卷外，绝大多数战士连照相机都没见过。我们汽车兵偶尔回国接新车时趁机到照相馆照张相，权作遗像或寄回家，已算很奢侈了。个别战士有时也能收到家里寄来的全家照或老人照，已很稀奇，要是收到一张提亲的长辫子女孩照，那在全连可是一传十十传百地闹翻了天。1953年停战后，上面拨来一批胶卷，派来摄影员到各连队为每位战士拍照，照片冲洗出来后寄回家报平安。首长想到我们每个兵，全连战士很开心。拍照那天，战士们不懂得化妆，只是请理发员理个发，用剪刀剪剪胡子，穿得整齐些，扶正军帽，尽量威武，让亲朋好友看得高兴，看得放心。

抗美援朝期间，通过全国各地抗美援朝总会或分会转交到前方将士手中的慰问信成千上万，我连每月就能分到近百封。从社会各界写给前线战士的慰问信来看，写信的有工厂的工人、机关的干部，更多的是大、中、小学校的学生和老师。他们向英勇杀敌的战士们表达崇高的敬意，对美国侵略者表示强烈的愤慨，决心要努力学习、好好工作，尽自己的全部力量支援志愿军。

战士们每每读来都感到很亲切，有的就在全班班务会上宣读，感受到祖国人民是我们的坚强后盾和深沉的爱国力量，这些信件大大地鼓舞了战士们战胜敌人的决心。指导员要求能写字的战士都要回一封，还提倡多多益善。我们的三排长刘国强是江苏盐城人，他一人就选了江苏盐城附近的连云港、淮安等地的三封来信一一回复。我算有文化的人，一下选了五封来信分别回复，两个月后竟收到山东省平度中学李老师的回信，你来我往，倒也连续通了三四封信。从来往信件的字迹和内容看双方文化层次、知识面差距太大，但并不妨碍彼此交流与联系。

在与祖国人民通信交往中也发生了一些有趣的故事。比如来往姓名中带有"凤""仙""珍"的往往被误认为女性，而称对方是大姐或小妹，但人家其实是男孩，这类笑话也给我们战地生活增添了一些乐趣。为了不再发生这类性别上的误会，指导员要求凡是回慰问信，应称对方为同志、老师、同学或小朋友。

这种扯不断的祖国情，为鼓舞战士斗志起到了积极作用，给志愿军以巨大的精神鼓励，受到了全国人民和志愿军指战员的热烈赞扬。

2015 年 8 月 1 日与战友电话互祝建军节有感

听说过"二五八团"吗？它不是部队团的番号，但确实是抗日战争和解放战争时期我军战士娶老婆的一条硬杠杠，即年龄在25周岁以上、党龄（或军龄）在8年以上、职务是团级以上才能娶老婆。这似乎不近人情，但在战争年代，部队指战员总不能拖儿带女呀！这三个硬杠杠中"团级以上"较难达到。解放战争时期这临界线被放宽，出台了"三三五营"，即革命军人年龄较大，可以参照"三三五营"的杠杠（有3年党龄或军龄、超过35岁的营级干部）。当然这个杠杠主要限制男军人，女军人比较稀缺，是不受限制的。这主要是考虑到当时战斗不断，部队伤亡很大，起表率作用的营连级干部往往战斗在最前沿，随时都有牺牲的可能。

在当时极其特殊的条件下，一个早已将个人生死置之度外的革命军人，随时都面临负伤和牺牲，对待婚恋不可能像在和平时期那样花前月下、火热浪漫、海誓山盟。这个临界线是残酷战争环境下的一个特殊制度，虽已成为历史，但在我党、我军历史上曾发挥过特殊的作用。

当时部队的医院、卫生队、宣传队里年龄合适的女战士很容易成为候选人，一些热心的战友就会采取不同的策略设法让"二五八团"或"三三五营"首长相亲。临界线是公开的，但相亲是秘密的，如有意安排首长到哪个单位去讲话、视察，顺便看看有没有中意的女战士。往往女战士还蒙在鼓里，全然不知自己已被选中。

在抗日战争初期，我军许多中、高级干部为了革命单身的不少，战时成家谈何容易？为解决这一问题，上级抓住一切机会和可能，帮助单身、丧偶或与妻子失散的中、高级指挥员重新组成革命家庭。能够从战场上回来，已是战争中的幸运儿，经过战争考验的军人，特别是老军人，婚姻大事一切听从组织安排，两个铺盖卷搬到一块儿就是革命夫妻。

王、程一家

我团团长和政委就多次在幕后指挥甚至亲自出面撮合了好几对革命夫妻，几乎把我团的女战士挖光了。现生活在上海第二军医大学干休所的王老夫妻就是志愿军汽车三团的一对离休干部。当时王老达到"三三五营"条件，高帅英俊，团卫生队中没谈恋爱的女战士却少之又少。护士小程稚气活泼、开朗热情，一些好事战友动用各种战术积极撮合，终于顺利取得王、程天作之合。两人含蓄忠贞，相濡以沫，已欢度了钻石婚。

三团后勤处的黄处长（黄景章）是位老红军，待人随和，为人正直，只是年龄偏大，脸上还有点麻子，40多岁了还单身一人。三团的女战士都比黄处长小太多，所以黄处长要想在三团成家，战友千方百计也帮不上忙。当时三团修理连有位解放战友（指原在国民党军队，被解放后参加解放军）检修汽车技术高超，乐于助人，然而在一次抢修公路时不幸被敌机扫射身亡。在国内三团留守处的烈士妻子得知消息后悲痛欲绝，两个小孩还不懂事。同连队的战友一有机会回国，总去留守处安慰遗属大嫂，问寒问暖，老实巴交的黄处长更觉职责所在，给予烈士大嫂各种补助。好事的战友觉得黄处长该有个家，大嫂没有工作一人拖儿带女也不容易，何不让他俩凑成一对？组织上从解决双方的难处出发直接出面向双方交底，一凑即合。没有鲜花、没有婚纱同样完成人生大事，战时的爱情就这么简单。1956年黄处长从朝鲜回国后带着大嫂和小孩转业到山西太原，美满的家庭、稳定的生活，想必烈士在天之灵知道把妻儿托付给黄处长，也会得以安慰。

1950 年 12 月,中国人民志愿军发起第二次战役。尽管我和杨根思同志不在一个团,但是在同一个战场,打的是同一伙敌人,分别坚守在下碣隅里外围 1071.1 高地和 1071.1 高地东南的小高岭,切断美海军陆战一师南逃的退路。

阻击战打了七天七夜,我方在坚守的山头修壕沟、挖坑道,严阵以待。敌人为了夺路逃跑,妄图抢夺我山头阵地。头三天,敌人每天凭借精良武器整营整营地多批向我们扑来,我们虽然弹药不多(后续运不上),但凭着人在阵地在的决心,粉碎了敌人一次又一次的进攻。

几个回合的残酷搏斗,杨根思的三连最后只剩下他连长孤身一人。这时候,敌人又疯狂地扑上阵地,杨根思把战士们遗留下的所有炸药围在身上,等敌人蜂拥上来时引爆,与四五十个敌人同归于尽。打扫战场时,找不到杨根思的遗体,只捡到他的部分遗物。杨根思的壮举被载入抗美援朝的史册。1951 年 5 月 9 日,志愿军总部颁布命令:将杨根思同志生前连队命名为"杨根思连",追授杨根思为特等功臣,授予他"特级战斗英雄"称号。1953 年 6 月 25 日,朝鲜民主主义人民共和国授予他"朝鲜民主主义人民共和国英雄"称号及金星奖章和一级国旗勋章。朝鲜人民在杨根思献身的地方竖起了一座镌刻着"永垂不朽"四个大字的纪念碑。他的家乡泰兴县在他的村庄修建了杨根思烈士纪念馆,陈毅同志题写的"杨根思烈士碑"的大字金光闪闪地铭刻在高耸的纪念碑上。

七天七夜的阻击战没能烧饭,战士们靠出发时每人三斤半牛肉干和几斤炒面过日子。到了第五天,战士们的食物吃光了,在零下 30 多摄氏度的严寒里,饥寒交迫,日子难熬,作为指导员我得想办法弄吃的。我和三位战士摸黑到村庄去找粮食，村庄都烧光了，哪里还有粮食等我们去找！我试探着用铁棒挖地窖，好半天才找到一个藏土豆的地窖。取到土豆就地烧熟，没有水，就把村边的雪化成水。烧起来又不能暴露火光，烟熏得呛人，烧熟一批土豆真不容易，是否全烧熟了也无法保证。当我们四人挑四担烧熟的土豆回连队时，路上被敌人发现，牺牲了两位战士，留下两担无法运回，让给友邻部队。全连同志就靠我们两人挑回的两担冻得硬邦邦的土豆啃熬了几天来维持生命。兄弟连队得到消息，还要我传授找粮食的经验，营部还为我写材料报功。材料在营教导员和团政委手里，后来他们都牺牲了，材料也不知去向。我想：他们和许多战友都为革命献出了宝贵的生命，我还有什么功名利禄值得考虑呢？

战斗到最后一天，一股敌人开足坦克，驱车突围。我忙把一个营还活着的战士并成一个连。我带一个排，配备七八挺轻重机枪和两门六〇炮，连走带跑专抄近路山路，三四个小时后抄到敌人企图突围的前面阻击，专打美军汽车油箱和当官坐的吉普车，打得美军汽车撞汽车，坦克冲汽车，乱成一团，把公路堵得死死的，没有一个敌人能逃出我们的包围圈。这最后一仗，我营也损失惨重，没剩下几个，我也负了重伤。

每当我想起牺牲的战友，想到与我并肩战斗的老乡杨根思同志，我的心情就久久不能平静。至于我个人的事迹，没有什么好谈的。

本文1992年由陈富文口述，欧进国整理。陈富文与杨根思是同村老乡，部队里在同一个战斗小组，并在同一个连队分别任班长、排长，入朝后都是二十军五十八师，杨根思是一七二团三连连长，陈富文是一七四团二连政治指导员。

我与汽车三团五连有着深厚的感情，战友有老战士谢世绪、张敏、孙敏，解放战士（原国民党的兵被俘或起义加入解放军）邹兴盛、陈佑甫、张永铎（别号大虎）。因战场上汽车兵伤亡过大，新驾驶员供应不上，1951年春节，祖国各地动员私营企业中有驾驶经验的司机参战，分配到五连从武汉参战的老乡有向道亮、吴清祥（1953年停战后，本人要求参战改参军）、严忠和等，他们对我都十分友爱，都争着要我坐他们的车，教我驾驶技术。在连队或在团部小车班，三团的各种车型我都驾驶过，有美国造的大捷姆西、大道吉、中型吉普、小型吉普、苏式小嘎斯等。因为年幼好奇，玩玩而已，我本人并不喜爱司机职业。在板门店修飞机场时，我偷开过一次飞车，飙驶飞驰在机场内，过足车瘾。这种战斗情谊，至今难忘。

我原是汽车三团卫生队卫生员，入朝后男同志全部下连，我被分到五连任卫生员，事因是我不坚守本职岗位，不经请假私自跟车外出。正常运输一般是自由组合，两辆车为一小组，大站（仓库）每晚来往一趟，远程大站两晚或三晚来往一趟。在各大站领取三联单，根据三联单就知道当晚装什么货以及当晚能否赶回来。我属连部成员，为全连战士服务，不能随意离开本职岗位，一般当晚能往返的短途运输我才敢跟车外出。不料那晚汽车发生故障，无法按时回归，白天连部找不到我，我又不是领导外派，属于私自离岗，从而影响了工作。华军指导员找我谈话："你自己谈谈犯了什么错误。"我认为跟车出去也是工作，不仅不认错反而强调有功，态度生硬。指导员没有继续谈下去，决定按违反军规给予处罚，向团部请示关三天禁闭（连队只有三天权限，还要报团部批准）。此请示电话被我在总机值班的电话员同学接听到后急忙转告我，他劝我承认错误，可从轻处理。我不听劝阻，反而觉得关禁闭还舒服，有人站岗还有人送饭。

三天后华军指导员又找我谈话："这三天中反省有什么收获？"语气比较和蔼。我也说不出受到什么教育，还是感到委屈，就将实情述说一遍。华军指导员听后，以长辈的口气，用耐心、交心、谈心的方式，分析说："我们一个连队百号战士，我都要负责，要严格管理，如连部五大员（通讯员、理发员、卫生员、文化教员、文书）我都管不好，对你不严厉管教，我怎么带好全连？全体战士都看着领导，你私自跟车出去，不是连部派你去，若连里有事找你，你没坚守岗位，工作受到损失，怎么向全连交代？对你处理对不对，你再好好想一想，你也要支持我的工作，关你禁闭也是对全连战士的教育。"指导员的一番真诚打动了我，他的话让我受教匪浅，我表示吸取教训，今后再不犯错误了。以理服人，讲方法摆道理，我从内心佩服华军指导员的沟通能力和政治水平。

1953 年 8 月，我们完成修建开城飞机场后回到连队不久，军委下发文件要减少在朝鲜的驻兵，文件中说家里是独子的要办手续转业到地方。军令难违，我痛别军旅生活，十分留恋战友情谊和革命大家庭的温馨。裁兵中大多是汽车兵，我们一部分湖北籍的战友乘汽车到安东，再改换火车至武汉。1954 年武汉洪水成灾，防汛任务十分紧张，我们就住在武汉关旁的仓库。留住几日后，又乘坐轮船沿长江逆流而上，抵宜昌集训，学习地方法规、当地政令，担负起为社会主义建设添砖加瓦的光荣使命。我于 1954 年 11 月回到武汉，脱掉我热爱的军装，又开始新的平民百姓的生活。

人回到武汉，那战场的情景却永远不会忘却。入朝第二天，朝鲜新溪大桥旁我连七班战士全体被炸遇难，现场惨不忍睹。我慌忙为其他伤员止血包扎，其中一位战士被炸断大腿，他抱着自己的腿号啕大哭的惨景令我终生难忘。我也被诊断出患有大脑炎，高烧不退，昏迷三四天不醒，后被送往三大站医院抢救。一周后我苏醒过来，体力虽然不支，但思路特别清醒，我深知住过战地医院的伤病员都要被送回祖国休养，暗想怎么溜出医院回到我日思夜想的三团大家庭。终于某日我抓住机会从医院不告而别，跑回离三大站山前不远的汽车三团。第二天医院来电话询问，领导找我谈话，我将为什么参军以及前线还需要我等理由和盘托出。领导深表同情，没有强送我回医院，让卫生队治疗护理，康复后我又回五连。

转业地方后，我特别怀念汽车三团，在三团的日子是我在军内生涯的重要阶段，三团是军人锻炼的熔炉，我为是汽车三团的一兵而感到光荣、自豪。

2014 年 7 月 27 日原三团五连卫生员王硕杰回忆

注：王硕杰同志于 2019 年 6 月 17 日因病过世，享年 83 岁。

慰问信升格了

志愿军收到祖国人民的大量慰问信，为了报答祖国人民的支持与感谢，有点文化的战士都会在战斗空隙时给以回复。你来我往，巧事就这样产生了。

时间退回到 70 年前，全国人民积极响应中央号召，莘莘学子纷纷投笔从戎，全国掀起了参军、参干的热潮。我就读的老解放区石家庄市第一中学全校师生也踊跃报名参军。当时我们学校师生都是供给制，我是一位初中生，也写了申请书，第一、二批的申请都因我身高不够（标准是男一米六）没有被批准。第三批身高线降为一米五五，我才被批准，那时称为"保送"。我是儿童团员，很荣幸被批准入伍。年底进华北军区后勤学校学习几个月后，我写决心书申请参加志愿军去打击美国侵略者，又荣幸地被批准入朝。

1952 年 1 月，我们六人被分配到志愿军后勤一分部新溪兵站，当夜下着小雨，棉衣都要湿透了。我和原来的同学、现在的战友同乘军车从三登前往新溪郡，天快亮时汽车要进山沟隐蔽，驾驶员把我俩留在了公路旁，等汽车进山沟伪装好后再接我们去找宿营地。我们正在公路旁等待，来了两个带枪的军人问我们是干什么的，要我俩跟他们走。我们刚入朝，年纪小什么都不懂，怕他们是坏人而不敢跟他们走，带枪的军人再三解释说他们是防空哨，哨位就在不远的前面。将信将疑的我们只好跟他们来到他们的哨位——公路边的一个防空洞。他们看了我们的介绍信后知道我们是分配来的干部，对我们很客气，说天快亮了没车了，要我们跟他们先到营地休息，等晚上再截车送我们到新溪。我们心急，一心想快点到一分部报到，不肯去。他们看到我俩坚决的样子，就指导我俩白天顺着公路边走，遇到飞机就靠山根卧倒等待，见到一棵大树旁有好多汽油桶那就到了。遇上战友真好，我们顺利到汽车三团报到。现在回想起来，明白了带枪的军人为什么查问我俩。当时我俩还没穿军装，穿的是供给制的露着棉花的灰色棉衣工作服，帽子上有取下五角星的印，上衣还有撕下胸章的印，又是两个小孩，被怀疑是特务。其实我俩也怀疑他们是坏人，战场上双方都高度警惕。

到了汽车三团，根据我在后勤学校学习专业，分配我在团后勤处当见习会计。这时，祖国人民寄来了大量精致的慰问信，分配到各连队和团部，领导要求每封信都要回。这期间我分到一封来自石家庄市女子中学女生的慰问信，信中写了非常鼓舞战士的话，我也回了一封热情洋溢的感谢同学们的信。奇怪的是，我以后再没收到该女生的回信，巧的是却收到我曾在获鹿县（西柏坡所在平山县南边的一个县）第一高级小学葛凤瑞同学的回信。原来小葛就坐在该女生的前一排，该女生收到回信后几个人凑在一起念信，小葛非常惊讶，这张振书不就是我的小学同学吗！就这样，小学的同学取代了该女生，真诚的同学关系一下上升到祖国人民与"最可爱的人"的关系。前方、后方还进行了一场比赛，提出看谁先入党，结果小葛比我早半年。1956 年汽车三团回国驻扎在山东胶县，胶县姑娘喜欢归国的志愿军，有好几对组成了家庭。我在请假探家时当然要去见葛凤瑞，我们水到渠成地恋爱了，最后升格为夫妻关系。

2019 年 10 月 25 日原汽车三团后勤处张振书回忆于广州

1951 年 4 月，抗美援朝战争第五次战役打响了。6 月 20 日，浙江省杭州市民热烈响应祖国号召，组织抗美援朝志愿医疗手术大队奔赴前线抢救伤员。那时还是浙江省高医学校三年级学生的吴玲正在杭州医院实习。听到这个消息，她立即找医学院党委书记要求参加。书记说："你这小鬼，还是学生，毕业了再说。"吴玲回答："我人小志不小，我不怕死！"说着说着就"哇"的一声哭出来了。在她的苦苦哀求下，领导看到她的决心，批准她参加并编入第二分队。当时吴玲实习护理的一位病人特意写下："赞今日哭求抗美援朝，愿明日笑着凯旋返杭。"

吴玲接到的第一个任务是随几位同志赶赴朝鲜前线接收伤员。一过鸭绿江，朝鲜城市、道、郡、里（相当于我国的省、县、乡）一片废墟。白天不敢行军，他们几个人夜晚冒着敌机扫射、轰炸的危险，多次强行通过封锁线急行军赶到前线，正遇上一场激烈战斗刚刚结束。吴玲和同志们在打扫战场时，眼前大多是烧伤的战士，有烧焦面部的，断手指、断胳膊的，两腿负伤不能走路的，她顿时感到这就是"最可爱的人"，他们用血肉之躯阻挡敌人的进攻，筑起了新的长城，令人肃然起敬。

吴玲年龄小，个子也小，力气更小，人称"小吴玲"。当时简单迅速地为伤员包扎伤口后，他们配合民工将伤员转到战地临时医疗点，次日连夜有几辆小型载重汽车在他们的护送下向后方转移。记得小吴玲左肩背负一个腿部重伤伤员，右手还拉牵一位一步一拐的小战士，沿着铁轨，一路护送他们回国。铁路进了阴暗的山洞，洞里停放着一列敞篷车（一种装运煤炭的火车车厢），轻伤员护着重伤员，护士在一旁推拉，终于上车了、启动了。为躲避敌机的扫射，火车忽停忽开，忽慢忽快，铁轨的碰击声催眠疲惫的伤员，拥挤的车厢里伤员吸着车头冒出的黑烟昏昏入睡。天亮了，过鸭绿江了！祖国人民欢迎的锣鼓声惊醒了伤员们。在民工简单的担架上和搀扶下，他们换了火车疾驶至山东兖州第 15 野战医院，旋即按负伤部位、伤情轻重分到征用各民房临时改建的病区。小吴玲负责三病区，伤员分散在 5 ～ 6 间民房，吴玲一人要承担 40 多位伤残战士的打针、换药和吃、喂、拉、撒。当时的病房没有手推车，没有一次性医用器材，所有器材都要反复清洗、消毒多次使用，工作量是惊人的。小吴玲还不时为伤员引吭高歌，自创舞蹈与伤员同乐，帮一些战士写家信、报平安更是义不容辞。

病房前期大多是烧伤、冻伤的伤员，绝大多数是四肢伤害，也有背部大面积烧伤的。在与伤员聊天中，小吴玲知道了朝鲜严冬最低在零下 30 ～ 40 摄氏度，为了避免暴露目标，战士们在掩体里趴着一动也不敢动，所以很多人不是背部被敌机丢下的燃烧弹烧伤就是四肢被冻伤。后期则多是炸伤、枪伤的伤员。在病房里小吴玲看到那么多被包扎的手、开裂的脚，还有单个的手指、脚趾，甚至还有一只烧焦没脱落的耳朵，小吴玲心里再次冒出一句："这就是最可爱的人啊！"站在那里举起右手向他们致敬。

小吴玲护理过不少重症伤员。记得为一位背部烧伤超 90% 的伤员换药时，要轻手轻脚，慢慢擦洗、敷药，前后要花两个多小时，光换下的敷料就有一大堆。还有一位伤员是右手腕被枪击伤，经治疗后虽有好转但手举不起、伸不直，小吴玲每天给他按摩，连续按摩两个月后居然能举起伸直了，这战士高兴得不得了。另一位战士膀胱被炸破，尿液不止，纱布、药棉供应不上，只得把换下的药棉、纱布拿到河边，戳冰、洗净、晒干，反复使用。由于长时间在冰河里洗涤，小吴玲多个指头冻伤变形，至今也不能伸直，造成终身残疾。

小吴玲还发现附近棉田有农民在采摘棉花时散落在地面或干枯棉秆上的少量棉花，她想，何不把这些收集起来当药棉用？说干就干，花

出征前的吴玲

吴玲戴上纪念章

了几天时间，确也捡到几斤棉花，用水洗却怎么也不吸水，看来不能当药棉用，空欢喜一场。事后才知道，棉花要经过脱脂、漂白等处理才能使用，闹了个大笑话。

伤员都喜欢小吴玲，不仅为她请功，还在伤愈道别时，纷纷给她赠送照片留念。如今吴玲还保存着 60 多张伤员的照片，可惜一晃快70 年了，战友们！你们现在哪里？

半年后，一支新组成的志愿医疗手术队来接防换班，吴玲同志随第二分队回到杭州后，被分配到诸暨市浙江省第一康复医院任护士长，该院全部接收志愿军伤员，继续为他们进行康复治疗。在医疗队的 6 个月，吴玲这位稚气未脱的学生兵，荣立三等功。吴玲觉得这是她一生最快乐、最满足的时光，她骄傲地说："我到了志愿军最需要我的地方。"

今天，抗美援朝战争硝烟早已散去，但这场战争赢得的和平环境，让全国人民，也让吴玲同志享受到改革开放的红利。吴玲夫妇现已入住泰康申园安度晚年，回翻那 60 多年前野战医院的照片，深刻体会到今天的幸福生活是成百上千的战友们勇往直前、前赴后继换来的。为什么战旗美如画？英雄的鲜血染红了它。为什么大地春常在？英雄的生命开鲜花。

2020 年 11 月 28 日吴玲口述，黄建华采访整理

停战凯旋归

泉谷洞

平壤向东南驱车不到 100 公里就到朝鲜黄海道新溪郡，新溪郡距"三八线"也不过四五十公里。新溪郡以南约 20 公里的深山沟里，有一股小小的清泉沿山沟静静蜿蜒流淌，在严冬季节被一层层热雾所覆盖，就是大雪纷飞也掩盖不了这涓涓细流，这细流一直轻唱的潺潺声很动情。

行车小组跑了几趟前线，连部在交通要道新溪郡旁一条浅山沟里建了个临时加油站，紧靠公路，车辆进出特别方便，但目标易暴露。李连长需要再侦察、寻找一个更安全的深山沟。朝鲜山多树密，黄海道整个地势由东北向西南倾斜，河网特多，大小山岭波动起伏，远看山并不高，近看重峦叠嶂。适逢开春时节，雪水渐渐融化。连长带上一排长、朝语翻译员和通讯员在新溪郡周围钻进几个山沟，山沟没有车道，他们只好顺着被雪水混杂的泥泞牛车小路走访隐藏在山沟深处的村庄。最后，沿着涓涓细流左拐右爬进入一个被大山三面环抱的山沟，山口有一股从地下冒出的泉水，泉水旁铺有几块石板，半夜一位 50 多岁的朝鲜大娘借着月光还在石板上反复翻转捶打刷洗衣裳。经翻译询问后知道，这山沟叫"泉谷洞"，有十来栋平房，住有十来户人家，青壮年男子都是人民军军人，留在村里的老人、妇女、小孩有四五十人。对于一个全民皆兵的国家来说，妇女要顶大半边天。白天不敢外出，晚上大娘做完田间的活就在泉边洗衣裳。

连长一行人在全村转了转，手电筒远射，照到山沟尽头有块约 8 个篮球场大小的斜坡，杂草丛生，几棵小树和坟堆散布其中，连长拍着排长的肩膀说："怎么样，连队的窝就定在这！"第二天晚上华军指导员和禹翻译再次来到泉谷洞和细胞委员长（相当于中国的村支书）谈妥，五连的驻地就落在这里。这一落就是五年，直到 1956 年 4 月我军奉命回国。

五连驻地泉谷洞隐藏在幽邃深山的密林中。群山起伏，林海莽莽，整个群山色彩随着季节的变化而变化。漫山遍野艳红的金达莱花是报春的信号，树冠垂挂的刺毛状板栗呼唤秋天的丰收。那洞口清澈的泉水是天然的矿泉水，冬季往外冒着气泡，就像那热火朝天的钢铁运输线永不断流。五个冬夏，军民一家，同喝一泉水，同吃一桌饭，同睡一个炕，端午吃糯米，中秋吃打糕。三年的朝鲜战争，"联合国军"没能发现这山谷，泉谷洞竟然躲过敌机的侦察和炸弹的袭击。留在人们记忆中的，也只有一次敌机在山那边丢下燃烧弹，熊熊大火蔓延到这边山坳，迅速被军民一起扑灭，还有一次是细菌弹的消除。泉谷洞是战争年代的世外桃源和人间仙境。阳光从茂盛的树枝、叶片间洒向这神秘的山庄，灵巧的松鼠撅着尾巴咬落松子掉在野草丛后又麻利地爬上松树，还有那啄木鸟低头专注啄树干取食的情景，那扇动着翅膀掠天飞翔的鸟儿和突然从林隙闯出的野鼠，以及朝鲜小孩在板栗树下拾捡被大风吹落的板栗。

朝鲜民居很美，屋顶多由 4 个斜面构成，主室上架人字形斜坡，两翼斜坡较小，坡度缓和，中脊梁平直，檐角两头翘立，平缓和曲线交织。屋身平矮，没有高起陡峻的感觉，特别是门窗窄长，使得平矮的屋身又有立高气势。整个民居稳妥地坐落于低矮平实的石台基上，点缀于群山沟壑中，充满朝鲜特色。泉谷洞的民舍被破坏的并不多，10 多栋石板瓦房也具有朝鲜特色，正门大多朝南或东南，舍前多有院落堆放农作物。屋内主间用土砖或平埋的石片铺成平炕作为寝室，寝室一端是厨房，凹下低于地面。灶头点火，火苗随平炕烟道加热平炕。全家共宿一个炕面，进屋脱鞋，席炕而坐。寒冬凛冽的白天也烧热炕头，供一夜行军的连队汽车兵白天睡个好觉。家庭人口较多的也有另盖厢房作为住房或仓库的，一般简陋一点用谷草或灰瓦

朝鲜民居

片覆盖屋面，是朝鲜民居附加的特色。站在泉谷洞洞口远望近瞅，云缠雾绕，晨曦的雾仿佛白纱挂在树丫，一切都隐没在云雾间，缓缓地摆动着，在朝阳下变幻奇异的色彩。点缀在村口泉眼边的几块青石板，被长年累月的洗刷磨打得光滑如镜，泉眼像只微微翘起的小嘴不断地喷射泉水，这是全村的生命泉。隐藏在深山密林中似仙境的泉谷洞，随坡而建的仙舍住居乐观开朗的仙人们，几乎忘却这还是战争年代。

不时从天际传来敌轰炸机沉重的嗡嗡声和远处炸弹倾泻的爆炸声，火药味却现实地笼罩着平静的泉谷洞。敌人没发现你，不等于敌人不想毁坏你、消灭你，我们也不得不防一手。半山腰有个山洞，藏在茂盛的松林间，北风呼啸，严冬寒袭，山顶积盖厚厚的白雪，山沟结满厚厚的冰条，洞外零下20多摄氏度，然而进洞却给人一股清新温暖。在泉谷洞大妈的指引下，这洞成了五连战备物资的储存库，以后在洞内

停战后在泉谷洞建的车场

还扩建了修理和铁匠铺。泉谷洞距"三八线"毕竟才几十公里，战争、战备、防特、防空还是牢牢地刻在军民心坎里。沿着泉谷洞山腰挖了十来个防空洞，高低错落，各显神通。山脚下也有十来个汽车掩体，掩体和车道用落叶和杂草巧妙伪装。这里严格灯火管制，夜间不能透光，白天不能冒烟，晒衣被一定要在树林间隙挂晾。

泉谷洞的自然美又传递给村里的朝鲜妇女和女孩。通常她们穿短衣、长裙，短衣朝鲜语叫"择高丽"，以黄、白色为多，斜领，无扣，用飘带打结。遇上中秋节、春节，"择高丽"多换成浅绿色或粉红色，衣服袖口、衣襟、腋下镶有色彩鲜艳的绸缎边，穿起来潇洒、淡雅、大方。长裙多为黑色，她们叫"骑马"，裙腰间的皱褶折叠成波浪状，宽松飘逸。冬天在上衣外加穿棉坎肩。老年妇女习惯用白绒布包头。遇上喜庆日子，无论阿妈妮（大娘）、阿基

妈妮（大嫂）还是阿加西（女孩）都要穿上漂亮的民族盛装，全家团圆，吃"米糕片汤"，又叫"年糕汤"，中朝共品、军民共尝，味道好极了。

前方战事的好消息频传在似乎与战争隔绝的山沟里，也会激起军民一片欢庆，密林间、杂草坡会成为军民自发欢聚的场地。尽管场地十分简陋，节目也不是很多，但个个精彩。不成型的大石阶上，没有化妆就跳上去的"演员"唱得十分卖力，朝鲜民歌《阿里郎》和苏联歌曲《喀秋莎》的独唱，引起石阶下男女老少欢声笑语。有一次"乐器合奏"是把能敲响的东西，包括酒瓶、饭锅、锅铲、洗脸盆、漱口杯、饭碗、勺子都当成了乐器，演奏者自称是"锅碗瓢盆协奏队"，居然还取得了意想不到的成功。战火纷飞的朝鲜战场上，五连官兵和泉谷洞的朝鲜人民正是以这样的革命乐观主义精神，迎来了最终的胜利。

朝鲜停战后，全团举办篮球赛，我们五连获得团部冠军。全团组织文体活动活跃士兵文娱生活，三团还进行文艺会演，五连自编歌剧《战地汽车兵》以人体组合成汽车造型，获得歌剧一等奖。泉谷洞的欢乐与笑话也特别多。一次我们自编自演小话剧《抓空中俘虏》，讲的是抓到两个美军俘虏兵，总得给俘虏兵起个名字吧，大家集思广益，分别叫"啃苞米"和"拉稀屎"。从此扮演俘虏兵的这两位战士获得这两个绰号，让人叫起来顺口，听起来幽默，想起来好笑。对爱笑的房东家的小姑娘，读过几年书的小魏说她"乐不思愁"，被一位调皮的战友简化成"萝卜丝"。小姑娘不懂它的意思，但很喜欢战士这样叫她，老远只要听到有人喊"萝卜丝"，她总是连蹦带跳地跑过来，有时还送上一束刚采来的金达莱。孩子们是天真无忧的，女孩无论春冬都爱踢毽子，男孩则在冬季用自制的滑板沿冰道直泻取乐。有的男娃想摆弄我们的枪支，但枪支是不能随便乱动的，男娃摸不到枪支就装模作样地要帮我们站岗。小孩都会唱《金日成将军之歌》《朝鲜人民军进行曲》《桔梗谣》《阿里郎》等朝鲜歌曲，战士们学着跟唱。每逢节日、婚礼、农闲及竞技活动，男女老幼会聚在一起尽情表演各种舞蹈，如长鼓舞、象帽舞、面具舞等。朝鲜舞蹈优美典雅、热情奔放，军民同乐，我也学会了一些朝鲜基本舞步。最难学的是用颈项的力量频频甩动头部，使帽顶的飘带旋转如风的象帽舞，舞者要带动帽顶的飘带形成线条流畅的圆环，令欣赏者赏心悦目，这需要很高的甩头技巧，我们叫它甩头舞。我们甩得头昏眼花，但那个飘带就是飘不起来，弄得围观军民捧腹大笑。经翻译解释和介绍，战前名目繁多的朝鲜春节祭祖等仪式因敌机轰炸都停办了，朝鲜停战协定签字后又恢复起来，显示了朝鲜人民美好、乐观、向上的精神。

泉谷洞有欢乐也有悲痛，常常传来汽车被毁、战友牺牲的消息。当张海清牺牲的噩耗传到烈士生前的房东老大娘耳边时，大娘抹泪恸哭，我们也低头揩泪，相对无语，然而心中都化悲痛为力量。还有一位男孩不知从哪儿弄来个小型蝴蝶弹，在敲打时突然爆炸，炸断左手两根手指，脸上也有多处伤口和血迹。卫生员赶来擦洗、消毒、包扎后，趁太阳还没落山，顶着敌机可能临空袭击，驾车急送附近的野战医院。男孩妈妈——一位丈夫卫国牺牲又面临小儿受伤的大嫂欲哭无泪，朝鲜人民的灾难更加激起我们打败美帝野心狼的决心。1952 年春天，美军发动细菌战，志愿军和朝鲜全国动员开展反细菌战和防疫运动。一夜之间，泉谷洞的井口就加了防护盖，加强了日夜巡防。全村军民不恐慌也不麻痹，几位外宿的战友因伤寒被送到野战医院，泉谷洞没受传染，太平安全。

胜利了，停战了！全村人民欢呼起来，手牵着手围着泉水口跳呀！唱呀！黄海道新溪郡艺术文工小分队来了，她们要向泉谷洞的军民献上一首抒情歌曲《在泉边》，报幕员请禹翻译讲解歌词大意后就边跳边唱。虽然我们听不懂朝语，但那跳动的音符、轻快的旋律、活泼的舞姿，特别亲切感人。而中文的《东方红》《全世界人民团结紧》，几乎是每次慰问演出台上台下齐唱的歌曲。朝鲜人民也过元宵节、端午节和中秋节，每逢节日我们都可以大饱眼福。荡秋千是朝鲜妇女最喜爱的民间体育运动，她们把秋千荡得简直是飘中有柔、悠中含美。压跳板也是不可或缺的节目，随着有节奏的踏跳，身着彩裙的朝鲜族少女优美地旋转、空翻，给人以美的享受。更有趣的是顶坛竞走，设一定的距离，参加比赛的朝鲜妇女头顶装满水的瓦坛，还要甩开双手潇洒疾步走，观众会像欢迎英雄那样为胜利者鼓掌。

五连在泉谷洞与朝鲜村民相处五年，军民结下了深厚的异国友谊。在接到命令启程回国后，有的战士和阿巴基（大爷）连说带比画地谈至深夜，有的战士把最心爱的"赠给最可爱的人"的茶杯留给房东。一溜小嘎斯整齐地

歌曲《在泉边》

排列在村口大道上，全村的男女老少围满车队，挤上汽车脚踏板，送给每个战士一个小铜勺，这可是朝鲜人民最具特色的纪念物。我们用说得最流利的一句话"可玛斯密达"（谢谢）举手敬礼，反复答谢。

1995 年与武汉老战友闲聊时的回忆

1953 年 7 月 27 日朝鲜停战协定签字，距板门店签字大厅西北角约 50 公里的新溪郡（县）泉谷洞（村）的军民们并不知道。这村不大，三面环山，除山腰被美机丢下的燃烧弹烧焦 30 来平方米的树木留下疮疤外，民居基本深藏在密密的森林间。全村十来户人家，30 多人口，青壮年男子都到前线杀敌去了，留下的妇女、老少支撑着这大山深处生气勃勃、活泼乐观的小群体。

我汽车三团五连驻扎在这村一晃快两年了。是夜，月儿已爬至树梢，突接到团部电话传达："今夜 10 点停战协定全面生效……"不一会儿这消息就在全村传开了，志愿军和村民们自发拿出锅碗瓢盆在泉边敲敲打打，几位年轻的姑娘边唱朝鲜经典民歌边手舞足蹈。近两年的军民相处，同睡一个炕，同饮一泉水，现在又共庆这军民一条心取得的胜利。

停战了，胜利了，人们可以自由走动了。团部特派唯一的摄影员下连队为每位战士拍照，冲洗好后寄回家报平安。这天摄影员来到泉谷洞，战士们个个都衣着整齐，面带微笑，排队拍照。虽然出国前所有的解放军标志，如布胸章、帽徽、奖章等都上交放在国内留守处，没能做伴合拍，但扎上皮带、端正军帽也不失威武雄壮。

我的房东大妈的小孙女活泼可爱，爱跳爱笑，战士们都喜欢她，亲切地叫她金达莱。她不知道我们排队干什么，好奇地在旁观望，轮到我拍照时，她的两只大

黄建华与房东家的女孩

眼睛紧紧地盯牢我，似乎有依依不舍之感。拍了个人照后，我特意请求摄影员为我俩留张合影，经摄影员指点，就在她家门前台阶上留下这珍贵的照片。当场看不到留影，冲洗好一瞧，达莱天真、纯朴但有点紧张，我特意请摄影员多冲几张。她奶奶说：要寄给她当人民军的爸爸，告诉他女儿在想他。达莱的爷爷插话说：可惜达莱的叔叔去年牺牲了，要不，叔叔看到侄女的相片，也一定想念未来的花朵。

是呀！中朝本来就亲如一家，当时的朝币上印有中文字，达莱的爷爷会说几句中国话，会用汉字交流，有空时我俩还捉对下象棋，棋盘、棋子完全相同，只是走法略异，士可以横行，象可以过河。这点差异，下两次就融合了。

达莱小姑娘，你成长了，70多年过得好快呀，现在怎么称呼你？达莱大娘、达莱奶奶！不！你在我心目中永远是个逗人喜爱的小姑娘。

2022 年 6 月 25 日

停战时刻

1953年我志愿军高炮部队在沿运输线山头时有所见，我空军的米格-15战斗机几乎天天从头顶掠过，半个月来前线金城阵地攻坚战取得节节胜利已有所闻。有高炮和空军保卫与壮胆，我汽车兵驾驶的小嘎斯跑得更欢。为保证前线战备物资的大量储存，汽车兵不仅敢白天开车，甚至一个班四五台车也敢集体行车。我连八班班长在三排长刘国强的带领下，多次运送 M-13 火箭炮弹到前沿阵地上所里。

1953年7月26日，我运送苏制122毫米榴弹炮，跑了一夜，小雨天还阴沉沉的。在路边开了几盒罐头胡乱地塞满肚子，连续24小时运送弹药，是夜抵达更前沿阵地月峰山。只见前方阵地枪声大鸣，炮声隆隆，敌方的照明弹、曳光弹、探照灯五颜六色，照得天空、山峰、地面一片通亮，才知道这是金城反击攻坚战。刘国强排长下车拎上左轮手枪顺着山沟小路爬上前沿阵地，突然双方的枪炮声戛然而止，刚才还战火纷飞的战场，一下子变得万籁俱寂。从战友口中才知道停战协定生效，敌我双方于1953年7月27日晚上10点正式停火停战。几分钟前那电闪雷鸣、震天撼地和撕心裂胆的炸弹、炮弹和机枪声，朝鲜土地上四处燃烧着的战火和流淌着的血污，就在这一刹那间一下子成为历史！

以后听说当时所有部队特别是一线连队都接到命令：加强戒备，保持警惕，严密监视敌人，随时报告情况……晚上10点前任何人不准再发射一枪一弹，违者军法处置！任何人未经批准不得走出坑道！这些命令和通知都一反常态不用保密暗语，而是在电话上直说，如电话线被炸断就用报话机明语呼叫；还要各级指挥员一再与指挥所对表，所有钟表指针务必不差分秒；所有的收音机立即打开，收听北京的重要广播。

停战了，战士们相视而笑，除了正在执行任务的，其他人纷纷弯腰走出坑道、掩体、炮塔，伸伸懒腰，挺起胸脯环视群山和被炮火削得光秃秃的山脊，除白天被汽油弹打着的几棵断树桩和一块杂草地还闪着余火、冒着残烟外，所有的炮火枪声都停息了，连敌方天一黑就转来转去的探照灯、到处飘摇闪亮的照明弹，也无一例外地全部熄灭了。放眼乡村田野，向敌人那边眺望去，左右两侧阵地都点起了篝火，美国兵也都走出了工事，欢欣若狂地迎接这第一个没有枪声炮火，更没有死亡威胁的和平之夜。同时我方主阵地上刚架起的高音喇叭响起了广播声，反复播送着停战公报、停战命令和停战协定，又不断插播着节奏铿锵、情绪昂扬的《志愿军战歌》和《朝鲜人民军军歌》等乐曲。千百个日日夜夜，千万个同胞等待、盼求和渴望的时刻终于来到了，远处传来朝鲜乡亲们的长鼓声和唢呐声，以及我军战士高亢的口号声和欢乐清脆的歌声，后方的山间亮起了一个又一个火把、一串又一串火炬，正义的人们都在为庆祝和平的到来而欢欣雀跃。

次日晨，在两军阵前的"真空地带"，只见对面下来了两个美国佬，其中一个胸前还挂着照相机。弄不清他们是什么人，想干什么，我前沿战士示意他们不许走近我军阵地。这两个美国佬一见我们连忙含笑招手致意，又叽里咕噜地说着我们都听不懂的外语。与此同时，我方阵地上也陆续下来了一些军人，除了前线连队的战士和赶来观光的后方人员，会英语的敌工干事也来了。美国兵也不断增加，这块地方很快聚集起中美两军各占半数的一二百人。当初自行划为临时界线的干沟也被双方人员越过了，一场稍具规模的中美两军前线聚会就这样开始了。

双方都遵守停战协定，没有携带武器，见面时都笑着点头致意，有的还相互握手拍肩。我军主动与几个黑人士兵握手，几个黑人大汉咧开大嘴直笑。我方有位战士掏出随身的一包烟散给周围的美国兵，他一下子就被美国兵包围起来，许多人都向他伸出了手，别的带烟的同志连忙也掏出烟分发。我方的敌工干事指着一包中华烟，用英语对美国兵说，这是中国的名烟，包装上的图案就是北京天安门。有个美国兵把那烟盒要了过去，欣赏一下后珍藏起来，有的则把没点的烟珍惜地装进口袋，看来美国兵挺喜欢中国东西。我方战士取出随身小本子里夹着的一张《心向和平》的套色木刻画片和两个胖娃娃抱着和平鸽《我们热爱和平》的宣传画，还从小本子上撕下北京风光照片作为纪念品送给对方。美国兵也想回赠礼物给我们，只是一时找不到合适的东西，有的扯下衣袖上的红黑二色美七师标记送给我们，有的掏出一张美国钞票，先认真地在上面写了一些什么，然后恭恭敬敬地交给我。敌工干事看后说，这是这个美国兵的家庭地址，上款写"送给我的中国朋友"。每位在场的美国兵都得到了写有"希望我们不要在战场上再见"字样的赠品。当敌工干事向他们译出这句话后，他们许多人都恍然大悟地"哦"了一声，有的竟鼓起掌来，用英语重复着这句话。

那个胸前挂有照相机的美国兵要求我们与他们合影留念，美国兵忙高兴地和我们挽着手搭着肩站在一起等待照相。我们把美军当作客人，邀请他们在前排蹲下，我方战友分别站在他们身旁和背后，有的战士还用手搭在对方脖子上，昂首挺胸地像抓着俘虏，中美两军就这样留下了一张难得的前线合影。敌工干事忙大声对他们说道："记着我们共同的愿望，不要在战场上再见！作为朋友，我们将随时欢迎你们，再见了！"

这难得的情景，永远保存在刘国强的脑子里，还通过他的回忆与描述，深深地刻印在周围战友的记忆中。

我汽车三团完成抢修机场任务后，除继续为前线大量运送战备物资外，还帮助朝鲜人民治理战争留下的创伤，恢复家园。1954 年三团分工负责为新溪郡朝鲜儿童建设了一座小学校，使儿童复课上学。1955 年还在三登地区清川里给朝鲜人民修建了一所医院。同时还承担了志愿军居住营房的建设任务，例如：在成川地区为陆军二十一军六十二师建设营房时，运输沙石、木料、水泥等物资，战士们再也不用睡那又湿又潮、不断滴水的防空洞了。

　　　　　　　　　　　　　　　　　1999 年与战友相会随聊的回忆

1953 年 7 月朝鲜停战协定签字后，1954 年 1 月我汽车三团抽调四连承担交换战俘的运送任务，其他连队则配合四十七军一三九师抢修开城飞机场。三团团部特别调去十几部缴获的美制十轮大卡车——捷姆西，迎接归来的被俘我军军人。

我没机会去交换战俘现场，这是四连原闵副指导员调到我五连升任指导员，饭后在战士们的追问下讲给大家听的。板门店是朝鲜开城到汶山中的一个小村庄，停战谈判和迎接饱经苦难的志愿军战俘的地点就设在这里。当志愿军战俘们乘坐着美军汽车一批一批向板门店进发时，远远看到"祖国怀抱"的彩门和竖立的中国、朝鲜国旗时，汽车上立即沸腾了，齐声高唱反美爱国歌曲，高呼反美口号。当对方的车进入我方开城一侧后，还未停稳，车后厢就被能动的战俘打开，在车上我被俘战友就把美军发的衣服脱了，跳下车把衣服狠狠地扔到美军面前，声泪俱下地控

接回被俘战友

诉美方的虐待、迫害暴行，连声呼喊，放声恸哭。战俘中有一位憔悴消瘦、只穿了一件内衣的被俘战友，不等上前来扶持的我方大夫和护士伸手就往下跳，接着跳下的战友一个个扑在亲人的怀中放声大哭。有的伤员晕倒在卡车上，我接待人员用准备好的担架将他们抬下来；清醒者则在痛苦中辗转反侧，呻吟不止。还有残肢断臂的，被扶下车后只能撑着我方准备的拐杖在牵扶下痛苦地一步步挪动。最令人不忍目睹的是，有位战俘单手单腿被美军医院以冻伤为由高位截肢锯掉了，成为只有半个躯体的完全不能行动的残疾人，他目光呆滞，接待人员把他抱下来，安放在副驾驶旁边并用被子固定。

这些是闵指导员饭后讲的，围成一圈的战友们鸦雀无声，静静地听着，有的战友不停地擦拭眼角，小声地抽噎。没有亲见、亲闻、亲历者的讲述，就不知道什么是战争，就不知道什么叫残酷，什么叫牺牲。

2019 年 7 月 27 日于申园

本不想讲更不想写这题目，但每每有年轻的好友在网上看到抗美援朝事迹后就要我讲一讲。当聊到战争的残酷、战友的牺牲，那情景很快就浮现在脑际，眼圈会自然地湿润，话也要停顿一下。有几次在大会上讲，我的话语甚至被哽咽扼住，眼泪在眼圈里打转，不好意思地掏出手帕当众揩眼角，台下也鸦雀无声，等我稍微缓过气来才能继续讲下去。

2014 年 8 月 31 日，十二届全国人大常委会第十次会议将 9 月 30 日确定为烈士纪念日。1949 年 9 月 30 日是人民英雄纪念碑的奠基日，在国庆节的前一天开展烈士纪念活动，能充分体现"国庆勿忘祭先烈"的情怀，突出国家褒扬烈士的主题。国家设立了烈士纪念日，我应该拿起笔把我亲历的和我知道的活蹦乱跳的战友如何倒在战场上写下来。

时间推回到66年前的7月27日，在"三八线"附近的板门店，敌我双方签了停战协定。过了两年多夜猫子生活的汽车兵能大摇大摆地在白天开车，那个欢喜劲儿，就好像哪位战友接到祖国未婚妻的信一样，要一传十、十传百地让大家都高兴一下。第二天团参谋处来电命令：全连调往开城配合一三〇师抢建开城飞机场。到朝鲜以来我还没在白天开过车，这大白天头一次，征得李廷喜连长同意，我回三排九班跟车。从泉谷洞驻地出发才 10 多公里，遇到对面开来的小吉普，错车时我被吉普车上的赵副指导员看见了，他向我招手说："小黄，跟我回去。"跟车外出不是我的正业，我只好蛮不高兴地换乘吉普车。车上，赵副指导员看我翘起小嘴说："小鬼，别翘嘴，叫你回来有紧急任务。"一听紧急任务我就来劲了，要指导员快说，他反而卖关子地问："截至前天我们连死了多少人，伤了有多少？""大约一个连吧！""确切数字？""那我回去再详细整理一下。"这时我意识到团里可能要开追悼大会，这是战友历年都提到的事，也是让战友心情沉重的事。我俩反而沉默无语。

回到驻地，指导员找来留守的排级以上干部和连部三大员，说：团政委要求各连务必在三个月内把每个连在朝鲜牺牲战友的姓名、年龄、籍贯、牺牲地点等弄清楚，要组织小分队实地勘察，把他们迁埋在一块。会上组成了以指导员为首的"寻找烈士小组"，我被任命为副组长。在子弹壳改制、用汽油点燃棉花捻头的小火球灯下，我翻来覆去地查对几个子弹箱里保存的资料，加班两天两夜，鼻孔塞满火球燃烧后的黑烟，终于整理出 56 位牺牲战友的名单。还有负伤战友将近百位，被送到野战医院后下落不明。好在有几部已修好的车，又从开城飞机场调回 10 多名熟悉或参与掩埋战友的老战士，分成五个组，分五路出发、勘察。

运输兵是哪里需要、哪里战事紧，就往哪里跑，我们五连在朝鲜东线、中线、西线都跑过，牺牲战友不像前方部队集中在某个战役或某个战场，而是分散在平壤以南甚至"三八线"以南的广大朝鲜土地上。

入朝第二天，天刚发亮，七班在三登全部蒙难，那是因为没有对敌机作战的经验。车子跑了一夜，肚子饿了一夜，刚检修、伪装好车辆，4 架敌机飞抵临空，只盘旋了一下，8 颗炸弹唰唰落下，油箱爆炸燃烧，正副班长连同在东北入伍还不到一个月的新战士不是负伤就是牺牲，无一幸免。这是五连最早牺牲的战友，相对集中，地点准确，也是第一批被找到和迁移的烈士。挖出他们的遗骸，全身除了烧焦的衣物裹身外，没有白布包裹，更谈不上棺木。

我们班的周炳生同志，三十五六岁，安徽巢县人，是国民党辎重兵被解放的解放战士，技术高超，为人和气。别看他在战士堆里年龄偏大，但总是面带笑容，在国内常常和我们讲日本鬼子侵占时期的凶恶和国民党军队的腐败。1951 年开春，融化的雪水时时流浸碎石公路，已第五次向前线运送粮食的老周头（我们都这样叫他）开灯急驶。走出约 50 公里，被敌机发现，一梭火箭炮弹，油箱起火燃及车厢和左车胎，车头一歪撞上公路旁的大树。老周头的右脚被卡在变形的方向盘和刹车踏板之间，那该死的日军长马靴（日本投降后从日军仓库中缴获的，原供骑兵专用，但陆军穿上根本不能行军，临时分发给汽车兵御寒用）死死卡牢他右腿，他自己拔不出，助手和后续赶来的我们也拉不出，副班长回头去拿锹和镐，准备敲断腿拉出来。就在这一瞬间，大火已烧到驾驶室，熊熊大火烤得大家满面通红，只听到老周头使劲地喊："目标太大，你们快跑，别管我。"第二遍还没喊完，大火已裹遍他的全身。这伤感的情景不愿回忆，但又永远丢不掉，像活字排版的版面，永远刻在我的心窝里。因为当时在公路边石堆里立了一块用烧焦车厢的木板制作、用烧焦木炭写上字的木碑，两年后，他那烧焦的遗骸很快被找到。经过雪洗雨淋，木碑上的字迹早已模糊，却长久挺立在石堆中。

四班班长许树孝，辽宁营口人；助手高文昌，辽宁康平人。两人配合非常默契，入朝开的第一部车很快被敌机炸毁了，连长说："只要人在，我们的运输线就不会断。"不久他俩回国接新车，据讲还在安东照相馆门前背靠新车嘎斯-51拍了一张合影呢！开上第二部车，他们特小心翼翼，车厢左侧还特别安装铁条，以免窄路相逢，急行错车相互摩擦时磨坏车厢。入朝半年后，他们在一次三冲敌机封锁线后，车至伊川大山小平原开阔地再冲封锁线，不幸中敌机俯冲扫射。许树孝脑袋被炸毁，鲜血直喷射，血染方向盘；高文昌肚皮被炸飞，身分几块。这惨景，生活在和平环境的人们是想象不到的。车毁，齐心推下公路，让后续车队继续勇往直前；人亡，用白布一裹，掩埋在车旁。直到第二次四班的同志经过，才把回连队端端正正写的墓碑插在掩埋的小土堆前。标志清楚，寻找容易，我们在挖出的遗骸撕烂的衣兜里，看到了那张被血水浸烂照片的碎片，将它随遗体一起放进收尸木箱里。

二班副班长张海清，湖北武汉人，半夜开灯急驶，车至胜湖里，防空哨响，小嘎斯安稳停在一块大岩石旁。小张招呼车上其他战友跳车快进岩后防空洞，当他停下车刚要踏进洞口，敌机从左边冲下，一串机关枪从后面穿透背脊，小张当场牺牲。敌机飞走，战友们欲哭无泪，副连长田恒武等在洞口掩埋了小张的遗体后，匆匆赶路，以完成烈士未竟的事业。

胡济川，湖北武汉人，参战驾驶员。当时战场上驾驶员伤亡太大，后方汽校培养的汽车兵来不及补充。在举国抗美援朝、把敌人赶回"三八线"的大好形势下，国家动员地方私营、私人或公司有驾驶经验的员工参战，他们热血沸腾、踊跃报名。1952年我们团一下分来上百名参战驾驶员，其中连里来了12位，他们技术上乘，驾驶熟练。一次胡济川在运粮途中接近五圣山，遭敌炮弹击中，碎片和前挡玻璃片重伤胸部，鲜血直流。为保障道路畅通和车辆安全，他强忍伤痛，将车开至路旁隐蔽处，自己却因流血过多，牺牲在驾驶室里。

两年多来，牺牲的战友大多随地埋葬在公路沿线。虽然烈士名册上记有埋葬地址，但记得很简单，不是铁原以东山脚下，就是临川江北岸，有的根本就来不及立标志。1951 年 10 月牺牲的王明德烈士，记载掩埋在礼成江大拐弯江边，再去寻找一无所获。烈士牺牲地址只记有大致范围，然而牺牲时间是确切的，通过寻访朝鲜老百姓，我们在一座山腰上找到一座新坟墓，前面竖有一块木碑，用中文（当时朝鲜通用中文）写着这位志愿军烈士姓名。因为发大水，朝鲜老百姓把他移到山腰上。

最难办的是参与埋葬的同志后来也牺牲了，记载王国堂遗体埋葬在铁原以南检寺里就属于这类。还有两位是在"三八线"以南春川地区牺牲的，停战后属于南朝鲜，也无法勘察迁移。最后连同因翻车、车挤压、枪走火等牺牲的战友，共收集到遗骸 50 具，集中安葬在新溪志愿军烈士陵园。他们从战士直升烈士，应该得到人民的怀念与记忆。

离休后，多次想回到那战斗过的地方，回到那战火中待了四年多的泉谷洞。特别是那战友长眠的陵园，哪怕是看上一眼、献上一束花、敬上一杯酒。但多次联系，多次落空，因为再次赴朝有很多限制，我想去的地方都不开放，不能去。

2017 年 9 月

1953 年 7 月 27 日 22 时，朝鲜停战协定正式生效，第二次世界大战结束后最大规模的一场局部战争结束了。世界又恢复了和平，大长了中国人民的志气，大灭了侵略者的威风，人民为之欢欣鼓舞。

停战协定虽签字，但也不得不提防侵略者的反悔。两年多我汽车部队的夜猫子生活一下转成大白天大摇大摆地开车行驶，那个高兴劲儿，真是喜形于色。除继续不断地向前线运送战备物资外，也大量运送祖国人民送来的精美食品到前沿各连队的战士手中，有各地慰问的大生产牌、飞马牌、中华牌、光荣牌香烟，什锦糖、奶油糖、牛轧糖、花生糖等各色各样的糖果，还有白酒和罐头。

一次文化教员文业芬看到床头还有一瓶祖国人民慰问的老白干，灵机一动，邀请我和统计员王儒增陪房东老大爷痛饮一番，庆贺停战协定生效和 9 月 9 日朝鲜建国 5 周年。文化教员的房东是一位 60 多岁的阿巴基（朝语：老大爷），相处久了相互能用几个单词交流。

这天晚上三位小战士和这位老大爷围着小炕桌开怀大饮。大爷叫他儿媳妇端上来一坛子米酒，这是朝鲜家庭自酿自饮和招待客人的佳品。密封坛盖一打开，芳香四溢，尝一口，味道清甜，我在参加庆典活动时也多次品尝过，但从来没这样大饮大喝过。米酒配上朝鲜泡菜，我们的兴奋劲就上来了，文化教员打开老白干，我从子弹箱里掏出祖国人民慰问的两盒午餐肉罐头。从不喝酒的小王一碗米酒下肚后双颊绯红，这米酒度数并不高，开始喝的时候甜蜜蜜，但后劲却十足。我们尊重朝鲜习俗，与长辈一起喝酒时，小辈一般要把头移到旁边去喝，切不可面对着长辈举杯饮酒。

喝完米酒喝白酒，我虽还清醒，但头脑也有点发胀，忙说："别不儿罗哟。"（朝语：我吃饱了。）这"头胀"的朝语我不会说，就用手比画向大爷的小孙女取笔要纸，写上："酒喝多了，我不敢再喝了。"朝鲜大爷说："捆察那哟？"（朝语：不要紧吧？）这话我听懂了，回话说："捆察那！"（朝语：没事！）酒量较大的文化教员接着在每位碗里加满72度的东北白酒说："没事就喝。"大家酒后都有点兴奋，小王接着喝了半碗就开始呕吐，喷得炕面、小炕桌一塌糊涂。我头脑还算清醒，强忍呕吐，忙和文化教员把小王扶回住处，好在小王沿途没耍酒疯。我和文化教员返回揩洗呕吐物后再与阿巴基同饮，文化教员鼓动性蛮大，说："庆贺胜利，一醉方休。"拿起酒瓶又给每人倒上半碗。这还了得，我刚把碗凑到嘴边，顿感不妙，放下酒碗就朝屋外跑。到了屋外，像喷泉一样把满肚子酒货射向野草地里。

这次总算体验到"酒不醉人人自醉"，真是害人又害己。从此除了偶尔应付品两口外，几十年来我基本不沾烟酒。自身体会：人不存在绝对醉酒，只是喝多了，头脑兴奋、话多，但强行控制倒头去睡也未尝不可。

一次体验，一醉方休，也是战争时代个人的一段小插曲。

2000 年 5 月一次聚会中见有人喝醉有感

较量电影没宣传，卖座却也不平常，
只因记录太真实，老兵定要瞧一瞧。
一二三次大战役，敌人疑是飞军到，
丢盔卸甲亡命逃，麦克阿瑟丢官帽。

地球转回建国初，百业待兴建设忙，
美帝发动侵朝战，狂轰滥炸我边防。
四次战役拒顽敌，美帝就像丢了甲，
五次战役接打响，疯狂气焰泄大半。

唇亡齿寒怎观望，邻国有难定帮忙，
主席一声把令下，我军跨步过绿江。
金城战役敌胆丧，美帝只好签停战，
扬我志气扬国威，全国齐赞可爱人。

1998 年 5 月 29 日

悼华军

南下途中　　　　　　　　我遥祝你战胜病魔
你是我的文化教员
朝鲜战地　　　　　　　　新世纪带来好音信
你是我的指导员　　　　　华军我的好领导
你肺结核被迫离开硝烟　　你在延边
然而我们音信却紧紧相连　你从党委书记岗位上退了下来
　　　　　　　　　　　　我一定要前去看看你
是不是你病愈出院　　　　再听听你的战前动员
还是我频繁调防　　　　　再让你看看我举起右手的誓言
两年后
竟然音信全无　　　　　　晴天霹雳
走南闯北　　　　　　　　这该死的脑出血
寻找昔日的战友　　　　　竟夺走了夺走了……
就是打听不到你的音信　　就差几个月
华军你在哪里？　　　　　也不过百来天
有说你病情很重　　　　　我默默沉思
有说五十年代缺少灵丹妙药　向大嫂倾诉我对你的深念
我不敢深想

　　得知华军在延边，正准备前往，忽接噩耗，向大嫂倾诉我对华军的深念。2001 年 9 月 13 日。

回忆信阳四九年，三团迎来美少年。

谷城群芳争斗艳，军营一片喜笑颜。

为追蒋匪下江南，路经武汉与湘潭，

衡阳邵阳桃花坪，誓把蒋匪消灭完。

不忘桂林独秀峰，更记柳州鱼峰山，

为抗法帝援越南，几度跨过睦南关。

忽报美帝侵朝鲜，战火烧到绿江边，

北上援朝八千里，新溪郡里扎营盘。

难忘一九五二年，高射炮火打得欢，

消灭敌机六七架，纷纷坠地冒黑烟。

汽车部队更英勇，冒着炮火冲上前。

摧毁敌人细菌战，冲垮封锁照明弹。

打得敌人来谈判，只好待在"三八线"。

祖国亲人来慰问，朝鲜人民感谢咱。

胜利得来不容易，多少战友留墓园[1]。

往事已过五十年，幸存战友也老年。

当年青丝如墨染，如今个个白发添。

老了又逢兴盛世，国家富强人民安。

当年战友知多少，天南地北难相见。

思念战友情更切，齐聚上海心更欢。

举杯祝愿都长寿，再看祖国好明天。

本文为西安战友李玉堂 1999 年所作。

---

[1] 三团有 100 余位牺牲战友葬于朝鲜新溪烈士陵园。

跨过鸭绿江

（外四首）

暮年回首五十载，雄气歌声过大江。
残垣断壁无人烟，夜来车行听哨音。
炮声顿作犹过年，天边远处寻嗡声。
缘何休学来从戎，只因江边不太平。

加油站

山间绿草映清泉，一片空地无生息，
夜半车来排成行，加满油箱好支前。
馒头油条热豆浆，洞内充足暖融融，
米菜肉粉进粮袋，路上行车不发愁。
安全快跑谁第一，墙上图表论英雄，
箱满肚满袋袋满，南北往来明天见！

小嘎斯

运输线上小老虎，人称价值两亿五。
祖国人民献亲情，中华儿女称英豪。
军中补给送前线，爬山涉水仰仗它。
报道前方打胜仗，拉回一车俘虏兵。

汽车兵

行军手拄文明棍，日夜颠倒运输忙，
翻山越岭闯南北，上蹿下钻蹭身油。
两眼静观灯前路，不问车外霜和雨，
冰封雪夜窗留缝，细听前后防空枪。
老美天上常寻衅，回敬一双夜行眼，

星月指路三百里，日出东方养精神。
阵地时时向前进，驱车步步寻路去，
疼爱枪炮好胃口，当数咱这汽车兵。

赴开城——参加开城建设飞机场

停战协定昨颁，浩浩荡荡南行。
往日星辰相伴，今朝蓝天比美。
枪炮弹药再见，灰土沙石上车。
飞机起降稻田，迎来和平使者。

本文为北京战友王一丁（原用名王儒增）2000 年所作。

铁打的汉 钢筋的手

——回忆朝鲜战争停战协定签订50周年

一位铁打的汉，一双钢筋的手，紧握方向盘，目视前方！

日日夜夜，奔驰在钢铁运输线上。

眼睛红通通，比敌机丢的照明灯还亮，

肚里咕噜叫，比敌机摔的炸弹还响。

没什么！一个共产党员，我的责任就是尽快！尽快！

把弹药送进战壕，把补给运到前线。

冲！冲过封锁线。跳！跳过敌弹坑，

飞！飞过定时弹。跨！跨过浅河滩，

两夜一天，整整卅二小时，小"嘎斯"三冲封锁线，

四架"疙瘩郎"轮番俯冲，

好样的战友，血染方向盘，双目仍盯牢前方。

他！许树孝，二班班长，辽宁营口人。

一位普通共产党员，一位抗美援朝战士。

2003 年 7 月 27 日

人过古稀话华年，战友相聚觅诗篇。
高丽岁月犹可忆，思绪历历浮联翩。
停战令到泉谷洞，人声鼎沸不夜天。
秧歌高跷自发起，阿妈妮竖指"朝它"[1]赞。

站前夜景

接待站前夜正长，常有车流运输忙。
灯光闪闪飞速过，防空枪响不见光。
"疙瘩"[2]发闷空中哼，目标难觅无头蝇。
撒下"角钉"想阻挡，"阿基妈妮"全捡光。
又玩高招照明弹，光如白昼扬我长。
借光奔驶朝前闯，眨眼之间过山弯。

接待站

山沟有个接待站，茅屋山洞五脏全。
既做战友夜餐馆，又兼文娱宣传地。
墙挂节油安全谱，赶超争先目了然。
人车给养保供应，万里行车求安全。

高丽俗

朝鲜大炕屋，蕴含高丽俗。
顶部盖石板，厨厅一套筑。

[1] "朝它"——朝语为"好！"
[2] 疙瘩——疙瘩郎，志愿军对一种美战斗机的贬称。

房前留鞋处，炕席光溜溜。

铜盂闪闪亮，别误作钵厨。

碗勺铜为器，顶水女专长。

大嫂大鬏髻，姑娘发过头。

通厨有小门，专为主妇留。

"牙包"称同志，"盏基"是泡菜。

严冬喝凉水，老少习为常。

全家睡一炕，同枕各夫妻。

喜事手足午，心中没见愁。

中国"撒啦密"[1]，朝中建友情。

本文为桂林战友文业芬于抗美援朝胜利 55 周年所作。

---

[1] 撒啦密——朝语：人。

　　1951 年抗美援朝战争最激烈最紧张的时期，中南军区决定在处于湘鄂赣的三角地带的湖北省赤壁市赵李桥镇羊楼洞村组建中国人民解放军第六十七预备医院（野战医院）。此医院五年来收治朝鲜战场前线转来的伤员及中南军区内部伤病员共 3100 余人。经医治无效死亡的志愿军战士有 142 人，全部安葬在老营盘茶山上，形成现有的羊楼洞烈士陵园。中央电视台连续四年在清明节到羊楼洞作专题报道，羊楼洞烈士陵园被定为中国人民志愿军国内三处烈士集中安葬地之一，因为中国人民志愿军百余名烈士埋葬于此地而名扬神州大地。长眠在此的 142 位志愿军烈士，分别来自全国 24 个省，118 个县，他们牺牲时年龄最大的 52 岁，最小的年仅 18 岁。

　　我是残酷战争中的幸存者，半个世纪后已是老态龙钟、步履蹒跚的耄耋老人，有幸在清明节去羊楼洞烈士陵园给烈士战友扫墓。回忆抗美援朝现场，感慨万千，难以言表。我们中华儿女热爱和平，珍惜幸福美满生活，世界人民也向往和平。祝愿人民过上幸福生活。和平万岁！

羊楼洞烈士陵园铭牌

本文作者为原汽车三团五连卫生员王硕杰。

志愿军的布胸章

1950 年 10 月 19 日夜，我中国人民解放军十三兵团 4 个军约 25 万指战员统一轻装上阵，摘掉所有带有中文的标志，解放军的军旗、文件要留在国内，取下的八一帽徽和解放军的布胸章全部上交。抗日战争和解放战争时期所获得的各种奖章和纪念章，甚至标有中文的牙刷、钢笔、私章也不许带，就连毛巾上"将革命进行到底"的红色印字也要剪掉。身着土黄色的单衣或棉衣，左臂系白毛巾，头扎树枝叶片伪装，没有出征前的礼炮，更没有欢送的群众，数十万大军隐蔽前行，只听见唰唰的脚步声，感受到脉搏的激扬跳动，在寒风凛冽、冷雨淋漓中迈开坚实的步伐疾行，从安东、长甸河口、满浦跨过鸭绿江。

我军伪装和隐藏的大部队从鸭绿江大桥和临时搭建的浮桥过江。在大桥中央桥面上有条白线，那是中朝两国的分界线，跨过这条白线就踏上了异国他乡。志愿军赴朝参战初期，发扬了我军保密工作的优良传统，采取多种军事保密措施，出奇不意地发起战略反击。六天以后的 1950 年 10 月 25 日，在朝鲜两水洞、丰下洞地区突然向敌军发起攻击，敌军伤亡惨重，我军打响了入朝后的第一枪，一举扭转了战局，为赢得战争胜利奠定了坚实基础。1951 年党中央决定将 10 月 25 日定为抗美援朝纪念日。

上海市劳动模范、民建会员吕焕皋（1954—2020）2013 年创建了上海志愿军文献馆，馆里先后收集了志愿军的战斗部队、后勤部队、战地医院、板门店谈判代表等老战士和他们的亲属捐赠以及从文物市场收购的不同年度佩用的布胸章。

进入志愿军文献馆大门，昂首观看白玉墙上挂着的近千副志愿军老战士的肖像，大部分战士胸前佩戴着志愿军布胸章，胸章正中分上下两排印 12 毫米大小的 7 个仿宋黑色繁体字，"中

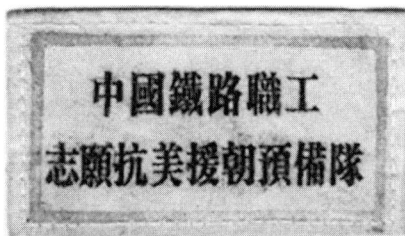

志愿军的布胸章

国"二字在上排，其他五个字在下排。它是一块长方形漂白布（双层布，表面四边有白色匝道），距边缘 5 毫米处四面围一圈 5 毫米的红色边，章幅均为 36mm×80mm，特别醒目耀眼。它简明清晰，端正庄严，让佩戴的战士顿感热血沸腾。

文献馆还同时收集到援朝铁路员工佩戴的布胸章，正面文字均为"中国铁路职工志愿抗美援朝预备队"15 个黑体字，背面格式与中国人民志愿军布胸章相同，留有胸章佩戴者的姓名和职务，印有"一九五一年佩用"等字样，并盖印了"中国铁路职工抗美援朝预备队组委会"方形红色公章。章幅略宽，为 44mm×80mm。中国铁路职工志愿抗美援朝预备队奔赴朝鲜战场，在美军空中封锁中排除万难保障供应，为抗美援朝战争胜利立下了不可磨灭的功劳。

2015 年 8 月文献馆在组织志愿军赴朝作战 65 周年活动时，特邀请数位志愿军老战士参加志愿军佩戴布胸章座谈会，座谈中老战士议论纷纷，诉说胸章来历。老战士在仔细传看落款为 1951 年佩用的布胸章时，确认当时有少数部队指战员或特殊兵种如文工团员、归国英模代表以及中朝联合指挥机构中的人员，为便于识别，曾佩戴过"中国人民志愿军布胸章"，但没有在全军实施。

1953 年 7 月 27 日，我志愿军协同朝鲜人民军把敌人赶回"三八线"，朝鲜战争各方签署停战协定，"中国人民志愿军"布胸章才陆续配发到各军种、各部队，并详细宣讲着装和佩戴胸章的规定条款和注意事项，明确告知从 1953 年国庆节开始，穿新棉服必须佩戴胸章，以后陆续还有 1954 年版和 1955 年版胸章。直到 1956 年中国人民志愿军开始佩戴军衔时，驻朝志愿军更换新款式军服，这布胸章才退出军容标志。

志愿军老战士忘不了它的光辉，每一个布胸章的主人，都是一名英勇的志愿军战士，都有一段英雄的故事。

本文由上海志愿军文献馆供稿，志愿军老战士朱俊贤执笔，黄建华整理。2023 年 4 月 15 日。

后记

　　70 多年前，我有幸没"光荣"，没让遗骨留在异国。今年我已经 91 岁了，20 多年前，我就在考虑我的后事，自认为可以留下的东西应该找到它们最好的归宿，我与中国人民革命军事博物馆、上海档案局、上海图书馆、抗美援朝纪念馆、抗美援朝烈士陵园、志愿军文献馆，还有抗美援朝军品收藏家等取得联系，分别提供适合他们收藏的物件。2002 年 10 月我捐给上海档案局 15 件抗美援朝物件后，上海档案局发给我捐赠证，其中有一枚朝鲜发的军功章。这种军功章我一共有三枚。我有两个女儿，她们分别有一个儿子，所以余下的两枚就留给两个小外孙，每人一枚，让晚辈知道中国人民在毛主席领导下站起来后的威力。2007 年我有幸找到离别 50 多年的汽车三团旧部，在参观汽车三团团史陈列室时，我将一枚抗美援朝纪念章和一套志愿军出国两周年的纪念信笺信封留在那儿，作为老战士的留念。看到祖国日益强大，我就会想起那些牺牲的战友，是他们用鲜血巩固了祖国新的长城，也使我过上幸福的晚年。我该如何继承先烈们的遗愿？我是幸存者，也是幸运者，更是幸福者，应尽己之力为人民服务。我得到了也是共产党员的夫人胡明慧的支持，从参加上海慈善基金会助学活动、江西井冈山地区的希望工程到在母校武汉大学化学系设立志愿军奖助金，目前转向原籍湖北省黄梅县的助老、助学、助困等慈善事业。我俩是工薪阶层，生活力求俭朴，支出厉行节约，细水长流，生命不息，事业不止。倒在身边的战友们，你们用鲜血染红的五星红旗会永远飘扬在祖国大地。最后我们夫妇俩能留下的遗体，已签约捐献给医学做教学之用，实现入党的初衷——为人民服务。

　　三个 70 年，获得了"庆祝中华人民共和国成立 70 周年"纪念章、"中国人民志愿军抗美援朝出国作战 70 周年"纪念章和"光荣在党 50 年"（党龄 72 年）纪念章。这荣誉是 100 多年来前仆后继的先烈们换来的，我珍惜它，继承它。我荣幸地入住上海申园，它为我摆脱烦劳的家务琐事，提供了各类学习交流场所，丰富了晚年生活。在跨入鲐背之年后，申园帮我腾出许多宝贵时间，使我能够更好继承烈士遗志，为共产主义奋斗终生！

　　本书在抗美援朝胜利 70 周年之际由中国文史出版社出版，在此表示深深的感谢！我喜欢交朋友，有兴趣的军迷们，可用我的手机 13681672181 进行亲密的交谈。